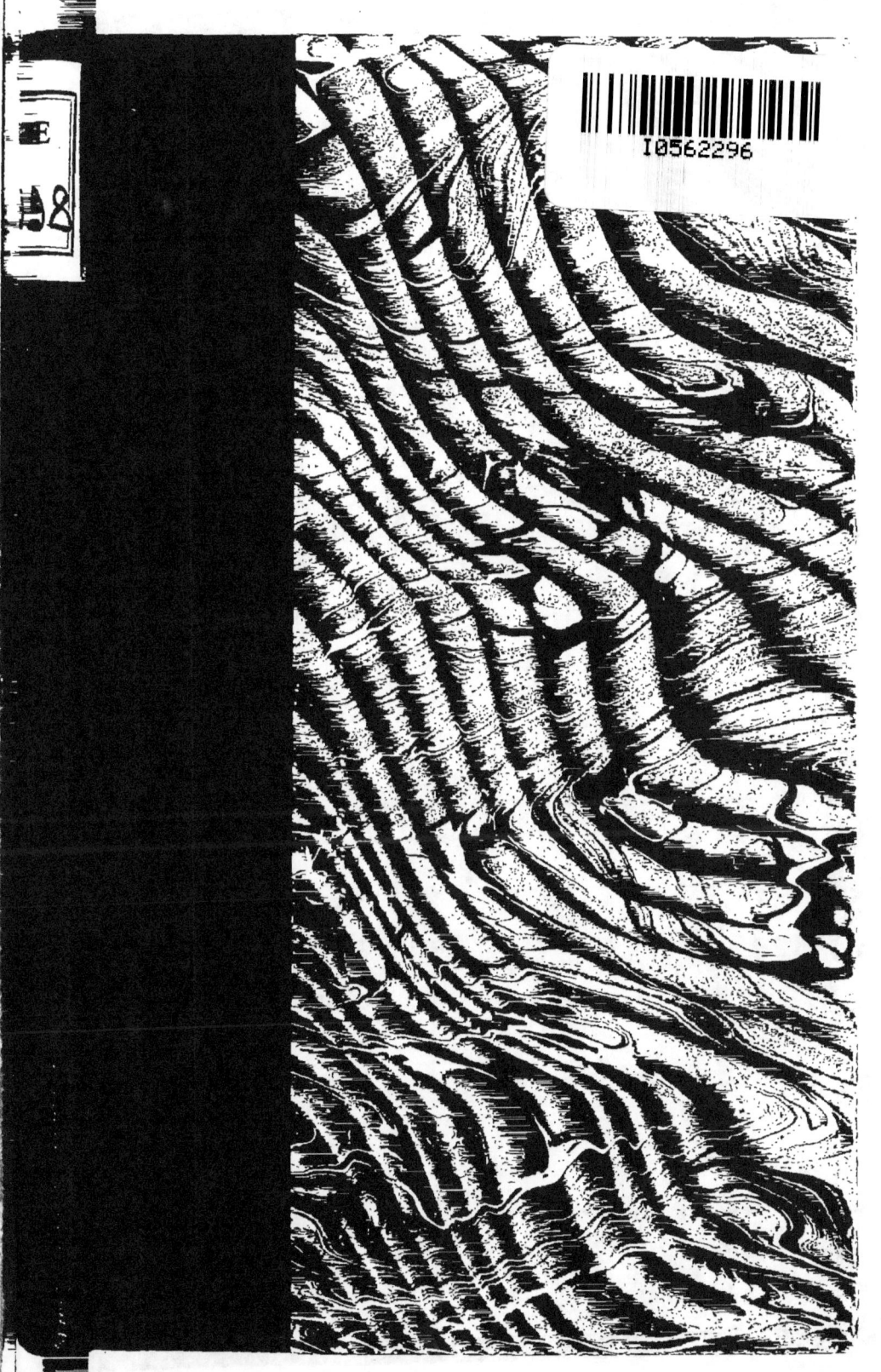

I0562296

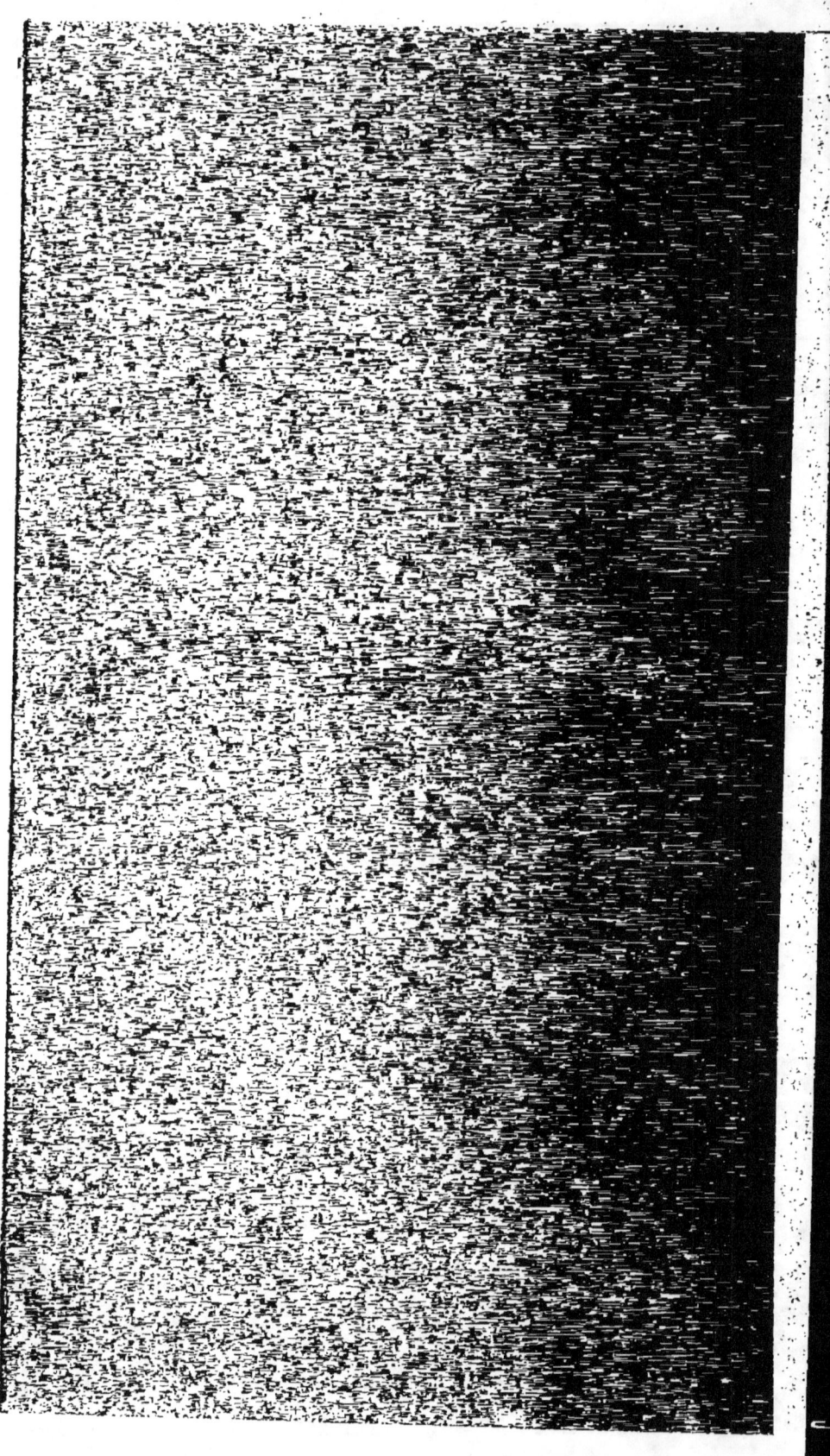

LETTRES

SECRETTES ET AMOUREUSES.

DE L'IMPRIMERIE DE CUSSAC,

RUE MONTMARTRE, N°. 30.

LETTRES

SECRETTES ET AMOUREUSES

DE DEUX

PERSONNAGES CÉLÈBRES

DE NOS JOURS.

TOME SECOND.

A PARIS,

Chez { DUPLIN, Libraire-Éditeur,
rue de la Huchette, n°. 26;
CUSSAC, Imprimeur-Libraire,
rue Montmartre, n°. 30.

1817.

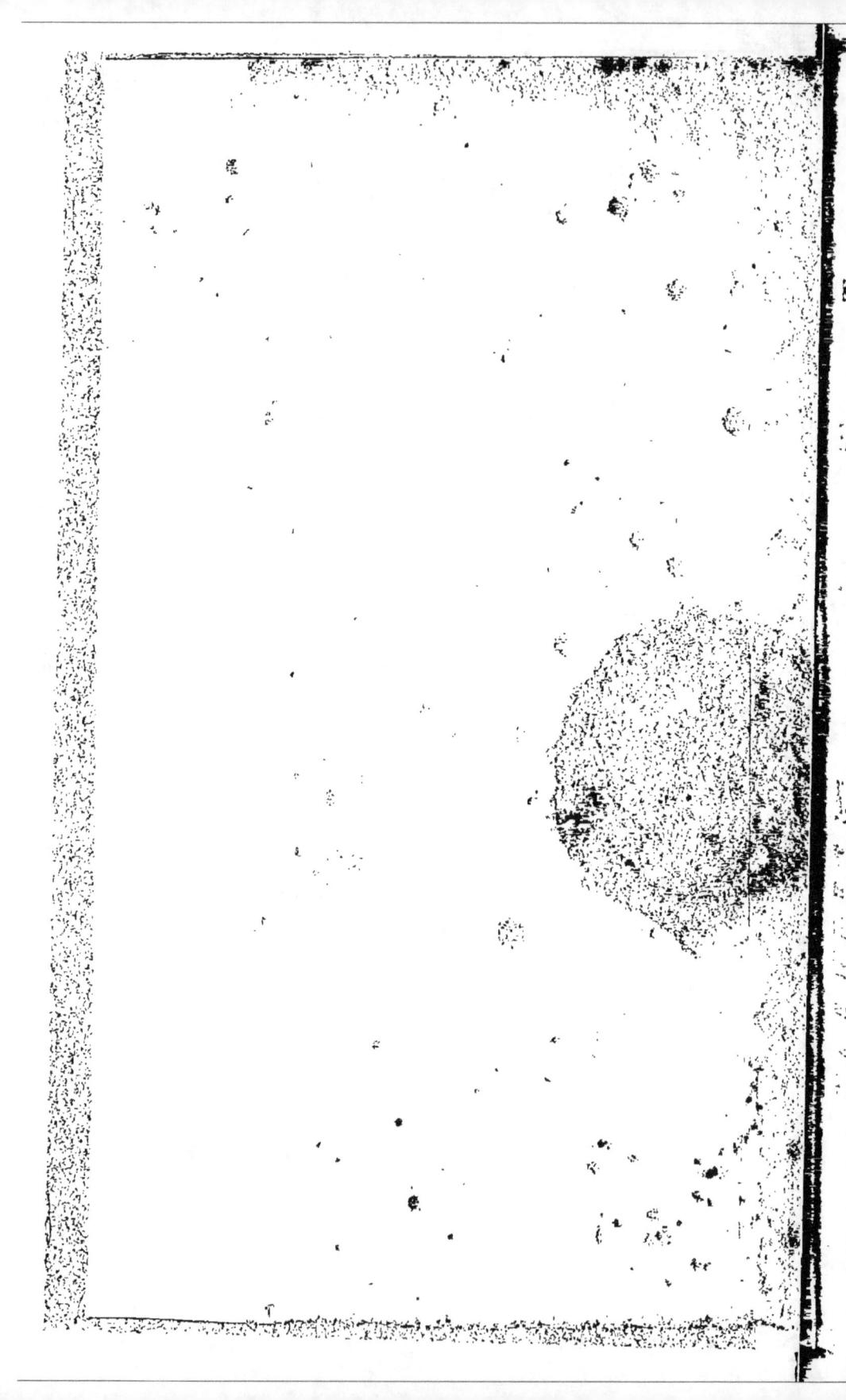

LETTRES

SECRETTES ET AMOUREUSES,

DE DEUX

PERSONNAGES CÉLÈBRES

DE NOS JOURS.

~~~~~~

XLIᵉ. LETTRE.

4 Prair.

Nᴇ crois pas, mon bien aimé ***,
que je veuille te tenir rigueur en ne te
disant que deux mots aujourd'hui. En
voici la raison : je viens, comme nous en
étions convenus, d'envoyer à ma ***
une lettre pour toi, mon ami ; j'y ai
mis absolument toute ma rhétorique,
pour ne pas en trop dire : je puis t'as-

2   1

surer que cela peut s'appeler un travail. Comme c'est difficile, mon dieu,
de resserrer ainsi ses réflexions ! J'aurois infiniment à souffrir, si j'avois une
pareille correspondance à suivre tous
les jours. J'attends avec une sorte d'impatience une lettre de tout ce que
j'aime ; nous verrons si elle est méchante.... En attendant, je ne puis
m'empêcher de te dire que ta sévérité
m'a fait mal ; mais elle n'a point al-
téré mes sentiments affectueux pour
toi. Ménage, mon ami, ces leçons ;
elles peuvent être sensibles de vive
voix, mais par écrit elles sont mieux
senties. Tu dois apprendre qu'on ne
doit jamais se servir des mêmes armes
pour battre un ennemi. La peine du
talion n'est faite que pour les amants,
diras-tu ? Oh ! je n'en crois rien. On
peut se rendre plaisir pour plaisir,
mais jamais peine pour peine. Souviens-toi que c'est ta meilleure amie

qui te parle : elle ne croit point exercer sur toi le peu de supériorité quelle a en raison ; mais elle croit se permettre de te transcrire ce qui l'occupe, depuis l'instant où elle a lu la fin de ta lettre. Je veux encore te gronder : tu crains donc de trouver de l'ennui dans mes écris, puisque tu dis que tu vas changer de langage, et que tu parleras de ton amour à la fin ? Mauvaise intention, mais très mauvaise. Je ne trouve pas que l'uniformité de notre correspondance puisse la rendre insipide. Je ne lis jamais le mot *j'aime* sans éprouver un doux frémissement, sur-tout quand ce sont les caractères d'une main chère qui vous répètent ce qui fait le malheur et le charme de notre vie. Tu prendras comme tu jugeras à propos ce que je t'avance dans ma lettre ; elle est dictée par un cœur que tu sais être sensible : d'ailleurs, s'il ne l'avoit point été, je ne

me dirois pas aujourd'hui la véritable
amie d'un homme adoré. Pour la vie,

Minette.

~~~~~~~~~~~~~~~~~~~~~~~~~~~~~~~~~~~

XLIIe. LETTRE.

<div align="right">5.</div>

Tu demandes si j'aime toujours mon
bon ***. Ne veux-tu pas savoir que
mon cœur est à toi, et que plutôt je
cesserai de vivre que de changer de
constance ni de fidélité? J'ai bien du
plaisir à renouveler un serment si doux
et si facile à tenir. Ne crains pas que
je sois jamais parjure. Que tu es aimable, mon cher amour! Quoi! tu exa-
mines jusqu'au plus petit mouvement
de mon cœur; tu traites généreusement
d'égards les instants que je dérobe à
mes devoirs pour m'entretenir avec la

moitié de moi-même. Tu es enchanteur
dans tes arrangements; tu travailles à
plaire en tout à ton amie. Si tu savois
que tu n'as rien à changer à ce que tu
es !... Pardon si je n'ai point accusé la
réception de tes missives; mon ami, je
les ai toutes. Par exemple, tu ne peux
te flatter de les revoir; elles m'appar-
tiennent, et je suis maîtresse d'en dis-
poser ; mais ce ne sera point en ta
faveur. Tu dis que je t'écris de trop jolies choses : ce n'est pas de ma faute si
tu les inspires aussi agréablement. Je
ne suis pas trop libre le matin, alors
mes lettres sont diffuses ; il n'y a qu'au
moment où je te peins mon amour, que
toutes les puissances célestes viendroient sur la terre pour me visiter,
que je serois fort embarassée de leur
tenir compagnie. L'amour, ce dieu
charmant, porte en mes sens un feu que
je désirerois qui fût électrique, afin de
le communiquer au papier, et que ce

témoin te donnât bien vîte la même commotion. L'esprit peut décrire, mon cher bien suprême, mais il n'y a que l'ame qui puisse sentir. Tout me frappe, tout se peint en ton amie avec vivacité; mes sens mobiles parcourent les objets et en emportent l'image; une force inconnue, un lien secret transmettent à cette ame, formée pour toi, toutes les impressions avec une rapidité étonnante. Nous avons en amour, nous autres femmes, à-peu-près les mêmes nuances; mais avons-nous la même délicatesse? non, parce que cette délicatesse est relative. Si celui que j'aime ne mérite vraiment pas cet abandon nécessaire à l'homme aimable; si je ne reconnois en lui que l'amour orgueilleux, je ne puis alors m'armer d'une délicatesse que cet être ne pourroit comprendre : mon amour devient une insupportable habitude, je secoue le joug, et me voilà victime d'un mau-

vais choix. Quand l'amour est passion,
on est constant; mais aussi quand il
n'est qu'un goût, nous pouvons être
légères; alors je ne puis éprouver, avec
ce dernier, ce trouble, ces combats et
cette douce honte qui grave si bien le
sentiment dans l'ame : il ne resteroit
donc que des sens gouvernés par l'imagination, qui s'useroient par son ardeur même. Voilà bien le portrait fidèle de plus d'un amour du bon ton.
Suivons, mon cher bien aimé, la route
à la vérité épineuse, mais qui charme
deux ames vertueuses, quand elles arrivent au but.

Jamais je ne te soupçonnerai de jalousie : elle est fille du mépris; or elle
n'aura pas d'entrée chez nous. Mon
ami, je passe des moments bien doux
avec mes livres; je ne vois de monde
juste que ce qu'il m'en faut pour ne pas
paroître sauvage. Mon charmant de-

voir du matin (celui de t'écrire) est ce
qui m'occupe une partie de la journée;
ensuite je n'emploie la lecture qu'à
remplir les instants que laisse dans le
monde le vuide des sociétés et de soi
même; je tâche d'embellir mon ame
en cultivant ma raison. On ne peut
avoir de bons livres ici; les libraires
sont mal assortis: j'aurois désiré avoir
les Lettres de l'aimable Sévigné, elle
qui créa presque une raison nouvelle;
elle jette à tout moment de ces expressions que l'esprit ne fait pas, et qu'une
ame sensible peut seule trouver : elle
donnoit aux mots les plus communs
une physionomie et une ame; comme
elle intéressoit toute la nature à sa
tendresse! S'il y avoit un être qui igno-
rât ce que c'est que la sensibilité (à-
peu-près comme il y a des sourds et
des aveugles de naissance) et qu'on
voulût lui donner une idée de cette

espèce de sens qu'il n'a pas, il faudroit lui faire lire les lettres de cette femme sans pareille.

Je ne me lasserois pas de vanter cette simplicité de style dans une femme, si je ne voyois mon papier me commander impérieusement de terminer. Excuse, mon ami, si je t'écris tout ce qui me vient à l'imagination : tu sais que je ne cherche point à briller par mon esprit ; il auroit mauvaise grace à lutter contre celui de mon bon *** ; c'est la lueur foible d'une bougie devant l'astre du jour. Adieu, mon sincère ami. Ne prends pas cette ville en haine ; songe qu'elle renferme un cœur qui est tout à toi pour la vie.

***.

XLIIIᵉ. LETTRE.

6.

Mon ami, vous êtes un charmant li-
bertin ! vous vous permettez des propos qui, en vérité, sont abominables !
vous n'êtes pas généreux ; ah ! je me
trompe, l'éloignement prête à la plaisanterie , et vous sert (peut-être !)
Est-ce que tu n'avois pas encore pris
garde que nous avons un amour sym-
pathique ? il y a long-temps que je m'en
aperçois. C'est de cette aimable conformité que notre amour a pris naissance. Quand on vint m'apporter ta
lettre, hier, je lisois le Paradis perdu
de Milton ; je fis une remarque bien
digne de toi : voici ce qui se présente
à ma vue (note qu'on me donnoit alors
ta lettre) : « *Il t'apporte un esprit*

« *que ni le temps ni les lieux ne*
« *changeront jamais* ». Comme l'ame
est flattée quand elle s'arrête à de semblables vérités ! Dis que ton amie ne
sait pas apprécier ton cœur !... O toi,
cher et tendre objet de mon amour extrême, jouis de ton bonheur ; s'il ne
consiste que dans la certitude d'être
aimé, rien alors ne peut le troubler.
Dis donc, bonne ami, les heures passent, les jours s'enfuient, les semaines
s'accumulent, la saison des amours
s'avance à grands pas ; je sais que les
saisons et les années reviennent, mais
le jour heureux ne vient qu'à pas lents
pour moi ; les riantes couleurs des
fleurs me rappellent des moments délicieux que nous goûtâmes, quand elles
étoient encore enveloppées dans une
robe modeste : aujourd'hui moins timi-
des, elles déploient avec orgueil la di-
versité de leurs ornements ; et nous,
éloignés l'un de l'autre, nous atten-

dons, non sans émotions, l'instant qui
doit favoriser nos feux. Accourez ,
essaims légers ; venez , vous tous qui
connoissez le dieu qu'aujourd'hui j'en-
cense ; ne fermez point l'oreille aux
accents de mon cœur agité !... Comme
la tourterelle , j'attends le retour d'un
printemps qui me laisse de tendres souvenirs. Ma chere ame , je brûle d'en-
tendre l'ordre , qui deviendra pour moi
une prière , de m'apprêter à monter
en voiture. Dieu ! j'en saute de joie !...

A propos de saut, j'en fis hier un
superbe : je jouois avec ma grande cousine (tu vois qu'il existe un certain accord) à sauter à pieds joints sur une
chaise (cet exercice est violent) ; je
m'élance assez légèrement , mais la
maudite chaise ne restant pas en place,
elle recule à ma vue , et me voilà par
terre ; heureusement que la tête n'a
point porté ; c'est la partie postérieure
qui a été outragée. Malgré cet acci-

dent, qui m'est inférieur, je voulus,
pour ma grande cousine qui étoit pâle
de frayeur, je voulus, dis-je, aller au
spectacle : l'action d'être assise ne con-
venoit nullement au genre de mal que
j'avois. Au bout de tout, il ne faut
pas écouter de pareils maux. Je suis
tout de travers sur mon fauteuil ; je
n'ose m'appuyer, tant les os me font
souffrir... Voilà, mon cher ***, l'his-
toire véritable et remarquable de mon
jeu d'hier...

Tu veux un moyen pour envoyer ta
douce physionomie, sans lui donner
un air de conséquence. Tu l'avois
trouvé, ce me semble ; d'ailleurs il en
existe dans l'esprit des bijoutiers. Il
y a des nécessaires dans lesquels on
voit de petits flacons ; ils ont ordinairement des côtés vuides, couverts en
velours en dedans : sous ce velours, ne
pourroit-on pas y placer l'objet de mon
Amour ? Je ferois un conte à la chère

2

amie de la rue ***; je dirois que je m'en fais cadeau, et qu'elle veuille bien dire que c'est elle. Vois, consulte; je suis un peu novice dans ce cas, tu pourrois m'instruire....On revient...Adieu, je ferme cette lettre avec bien du chagrin; je n'ai pas seulement le temps de te dire que je t'aime : quoique ce soit dit en courant, ce n'est pas moins une vérité sentie par le cœur de ta sincère et dévouée.

***

XLIVe. LETTRE.

7-

Mon ami, les six sont pour moi des jours de désagrément; en voici la raison : il y a eu hier un mois que j'ai eu la peine de te quitter pour venir me

confiner dans cette ville ; le 26 , j'ai
eu le chagrin de te faire mes adieux
pour revenir , et le 6 de *** je ne re-
cus pas de tes nouvelles. O toi seul en
qui mon ame trouve un asyle , source
de mon bonheur , modèle des hommes,
n'oublie jamais une femme dont les
plus beaux instans de sa vie te sont
destinés ; sois sa félicité éternelle!...
Un songe m'a cruellement agitée cette
nuit : il me sembloit qu'une voix
pleine de douceur (c'étoit la tienne),
s'insinuant dans mon oreille , m'in-
vitoit à la promenade : viens , mon
amie , disoit-elle ; viens adoucir mon
chagrin ; voici la plus charmante heure
du jour , l'air est frais et calme , tout
est dans le silence , excepté l'oiseau
qui récrée la nuit , et qui , maintenant
éveillé , répète les douces chansons que
lui dicte l'amour... La lune sembloit,
par son voile lumineux , prêter un nouvel être à l'univers : je cherchois à suivre

cette voix qui flattoit si agréablement
mes sens ; je me levois pour te suivre,
je ne te trouvois plus ; alors mon cœur
se gonfloit... Des larmes qu'on enten-
dit me firent éveiller. O! céleste extase
des éloignés, pourquoi vient-on vous
entraver par des soins que vous ne re-
cevez qu'avec dédain? Mon cher souverain, quand j'ai le bonheur de converser avec toi, je me trouve dans une
région où nul être vivant n'a pu encore pénétrer ; conversant avec toi,
j'oublie la durée du temps, le changement des saisons ; le soleil m'inspire
la joie, quand, se levant pour éclairer
les pauvres humains, il étend ses
rayons naissants sur les fleurs, les
arbres ; la terre, féconde en cet instant, répand une odeur suave après
une douce pluie : le soir avance, et
je cherche, dans tous les objets qui se
présentent à ma vue, celui pour lequel je soupire,.... Cet oiseau, qui,

la nuit chante ses airs mélodieux, ni
les promenades, ni ces divers com-
partiments d'étoiles, ne pourront jamais me consoler de l'absence ; tout
cela peut avoir des attraits pour des
amants réunis, mais sans toi point
de charmes pour ta Minette.... Combien je suis injuste de toujours me
plaindre ! mon bonheur n'est-il pas
complet ? Guide assuré, rassure ton
amante ! Ne devrois-je pas me croire
trop heureuse ? Je te possède ; quelle
douceur pour moi ! La terre ne fournira
jamais ton égal. Un charme secret
m'attire, des mouvements récipro-
ques nourrissent une douce sympathie ; et l'amour, ce puissant dieu,
nous enchaîne l'un à l'autre. Ne se-
couons jamais, mon divin ami, un
joug sous lequel je plie la tête avec
ferveur. Quand pourrai-je, à tes côtés,
trouver une place naturelle ? Compagne
inséparable de ton bonheur, je veux

2   2 *

tous les jours, et quand nous serons
ensemble, te donner de nouvelles preu-
de mon amour pour toi. Adieu, ma
vie: je presse tes lèvres d'un baiser bien
doux que l'amour vient de distiller pour
toi. Il faut, dans notre façon d'être,
vivre tranquilles, et ne pas nous mettre l'esprit à la torture, ni nous fixer à
des desirs stériles et toujours forcenés,
qui ne seroient pas les moindres de
nos tourments

Je ne pourrai, de trois jours, t'écrire
de longues lettres, parce qu'un de mes
amis, qui est ici maintenant, veut absolument peindre ma cousine et moi.
Cette peinture aux trois couleurs n'est
pas si flatteuse à la vue que celle qui
nous donne notre véritable couleur. Je
vais donc complaisamment prêter ma
sotte figure: si c'étoit pour mon bon
***, je ne ferois aucune difficulté....

Voici l'instant où il te faut quitter:
j'ai un ennui mortel quand je pense

que je serai plus de quinze jours sans
te revoir. Si j'avois pu imaginer, en
t'aimant, ne pas jouir plus de ta présence, je crois que j'aurois souffert ;
mais je ne me serois point engagée.
Non, il n'est pas de privation à com-
parer à celle-là.

On est constamment de bonne humeur depuis six à sept jours ; il me
semble que j'ai vu le front moins sé-
rieux qu'à l'ordinaire. On a une lettre
de toi ; je n'ai pas eu la folie de demander à la voir, comme la dernière ;
j'ai été si bien remise à ma place ! je
me contente de regarder d'un œil tendre ces chers caractères. Tu sais que
je suis ta Minette, que je t'aime plus
que ma vie, n'est-il pas vrai ? Le langage du chien a donc ses attraits pour
toi ? Que tu es fou !....

XLVe. LETTRE.

8.

Vous êtes un bien mauvais sujet.... Il faut, dites-vous, attendre que votre esprit vous fournisse assez de matière pour me répondre ; de plus, vous avez l'infamie de me nommer votre ange grondeur : vous niez avoir écrit ma S.... chérie, tandis que de *ma* vous avez fait un *sa*, sans avoir éteint votre *ma*. Qui vous demande donc des compliments ? Vous ne voulez pas me mettre au rang des femmes illustres : mon ami , j'y aurai une place pour ma manière de vous aimer. Il est donc prouvé que je suis refroidie pour vous ? voilà ce qu'on appelle du nouveau ! Vous avez été assez coupable pour froncer le sourcil à la vue de ma lettre.

Tremblez, car désormais je ne vous dirai plus rien qui puisse affliger le cœur que je vous ai laissé en garde. Vous dites que vous allez attendre en paix que le hasard nous fasse revenir; quelle patience! quelle douceur! Un autre écriroit à une amie : Madame, soyez tranquille, sous peu j'aurai l'honneur de vous voir. Cette dame qui chérit ce monsieur, qui veut bien croire à tout ce qu'il dit, lui répond, à cette occasion, une lettre qui n'aura pas besoin d'être réfléchie. Ah ! que c'est vilain d'avoir l'air de bouder en adorant ! Je suis bien contente de vous avoir mis à la torture. Tu mérites souvent, aimable ami, des leçons; aussi t'enverrai-je à l'école.... Voilà onze jours que je ne t'ai embrassé; mon cher amour, les jours sont des siècles. Si tu pouvois me rappeler de mon exil, je serois bien sage; je ne mériterois plus le nom d'ange grondeur. Si tu savois,

ma chère divinité descendue sur la
terre sous la miraculeuse forme de
l'homme, comme mon cœur palpite
quand je reçois une lettre! Toujours
nouvelles palpitations; mon ame s'en-
vole droit à la tienne; je couvre ses caractères de mille baisers; souvent des
larmes, que la tendresse ménage pour
toi, couvrent tes douces missives.
N'emprunte aucun langage pour m'entretenir, suis toujours l'impulsion de
ton bon cœur; crois que Minette,
mieux que personne, ne peut le méconnoître. Je n'ai pas besoin de phrases, laisse à mes loisirs à t'en faire;
mais aussi sois certain que je ne mets
point le fond de l'amour-propre ni de
la coquetterie dans les lettres que je
t'adresse tous les jours; elles sont dictées par l'ame du sentiment que tu
m'inspires. Nous n'avons nul reproche
à nous faire; l'exactitude que nous mettons à nous écrire est une preuve non

équivoque de la pureté de notre amour.
Qu'en dis-tu ? Dans celle d'hier je te
parlois des projets de peinture : ma
grande cousine donne aujourd'hui sa
première séance, et moi la seconde ;
et toi ?... Ah ! monsieur, vous mettez
un peu de lenteur à me venir trouver
en copie ! Ah ! le plus chéri des portraits, viens me tenir lieu de celui que
j'aime.... Tu ne croirois pas une chose,
c'est que je perds la tête : j'ai dîné
avec *** ; il est galant. Tu ne redoutes
donc pas sa courtoisie ? tu as raison, je
ne pourrois jamais dévier un instant
de mes principes amoureux ; (je puis
n'y voir goutte), mais je les crois bons
et solides.

Comme ma cousine est partie ce
matin à 6 heures, j'ai sacrifié, avec
plaisir, les heures qui me restoient
pour le repos, et je t'en fais don, mon
meilleur ami.... Elle est malade, notre
cousine, elle a le teint jaune, l'œil

morne, la tête lourde. Mon dieu, si elle alloit faire une maladie, où serois-je? je ne t'aurois pas là pour soutenir mes forces abattues ; je lui prodigue-rois tous les soins imaginables ; tu dois être tranquille de ce côté Comme mon esprit galope! J'ai une tête bien foible ; mais aussi, en échange, j'ai un cœur qui veut absolument être à toi sans partage : comme il est mon maître, je ferme les yeux sur toutes ses actions. Je ne puis finir cette lettre ; toujours des adieux! Au revoir, digne ami : con-serve à celle qui ne trouve de vrais plaisirs qu'en t'aimant, conserve, te dis-je, ton cœur à ta sincère et dé-vouée Minette.

~~~~~~~~~~~~~~~~~~~~~~~~~~~~~~~~~~~~~

XLVIe. LETTRE.

9.

LE meilleur fruit est le plus tôt gâté ,
nous dit un vieux proverbe : cela est
très intelligible ; c'est-à-dire , que tu
me donnes de ton encensoir par le nez.
Veux-tu bien finir; toujours des compliments , toujours des points d'admiration , tandis que je ne mérite au
plus qu'un regard de compassion !...
Mais, mon ami , veut-on croire que le
nom de femme , dont je tiens à honneur de soutenir les vertus , n'est fait
que pour exiger de vous, messieurs, un
tribut d'hommages que souvent nous
ne méritons pas? Je ne puis souffrir,
mon cher bien aimé , que tu te fasses
illusion à ce point. Prends-garde, le
moment sera terrible ; ce sera plus

2   3

désagréable que l'opération de la ca-
taracte. Voilà comme on s'abuse dans
ce siècle; on prend pour le vrai beau
ce qui est produit par la circonstance:
l'esprit est bien peu de chose en comparaison des qualités aimables de
l'ame. Je veux un instant applaudir à
ce que tu me fais la grâce de m'accorder dans tes lettres ; eh bien ! crois-tu
pour cela être moins que moi? Songe
que tu as un juge impartial et tranquille
dans ton amie ; elle pese les choses,
elle rassemble les objets , elle ne les
déifie que lorsqu'ils méritent de l'être ;
enfin, en disant que tu es un homme
modeste , elle dit une grande vérité.
Je n'ai jamais fait de toi que des es-
quisses imparfaites ; j'ai toujours
craint que mon pinceau oubliât le
plus délicat des traits que je voulois
peindre. L'accueil que tu reçois par-
tout peut prêter un coloris à mon tableau. Je n'ai pas de raison pour t'é-

pargner; aussi vais-je, avec toute la
véracité dont tu me connois susceptible, tracer en deux lignes ce que je
vois clairement.

Admis, caressé dans les cercles,
l'urbanité des sociétés se plaît à te
faire goûter, par cent moyens, ses
agréments, à t'initier à ses plaisirs ; le
ton aisé de ta conversation, la fine
plaisanterie qui ne blesse point la pudeur, l'esprit, oh ! oui, l'esprit sans af-
fectation, ta gaieté sans excès, l'érudition (car tu en as) sans fard, et la ga-
lanterie sans fadeur, se disputent tour
à tour l'avantage de nous intéresser ;
des mœurs douces et polie, des manières libres et décentes : voilà le
portrait de celui à qui j'ai donné mon
cœur. Que ce présent est peu de chose !
Mais je ne puis rivaliser avec toi, ma
chère ame ; tu as beau t'en défendre,
tu es charmant. Tu crains que je me
fâche de ce que tu écris souvent avec

un esprit enthousiaste. Mon cher ***, nous avons nous-mêmes tant besoin d'indulgence, que je suis toujours armée jusqu'aux dents; d'ailleurs la passion qui, dans ce moment, fait le bonheur de notre vie, existe de tout temps ; elle est la même au fond chez tous les hommes et dans tous les cœurs, mais les formes se modifient différemment selon les lieux et les circonstances : Si tu te rappelles, vers le milieu de l'autre siècle, tout ne respiroit qu'amour tendre et mollement passionné, qui régnoit plutôt dans les tragédies qu'ailleurs ; l'amour, comme aujourd'hui, n'avoit pas, pour bien émouvoir, le besoin d'être combiné avec ces sentiments âcres qui produisent les fermentations : cette passion douce est devenue la vertu des grandes ames et la source de toutes les actions héroïques. Il est arrivé ce qui arrivera toujours parmi les hommes,

et sur-tout nous autres français,
que ce sentiment, considéré d'abord
comme une foiblesse tolérable, est
enfin parvenu à être toléré.

D'après cet exposé, tu dois être parfaitement tranquille, et te persuader
que je conçois à quel point l'amour
nous exalte quand nous vivons dans
l'éloignement. Marche avec confiance,
ne redoute rien ; la carrière que nous
parcourons est de peu de durée ; mais
en vivant toujours dans l'inaction, on
pourroit se lasser de la monotonie du
chemin. Abrége bien vîte tout ce qui
peut nous retarder dans notre retour ;
sois plus hardi quand tu prends la plume ; celle à qui tu t'adresses t'aime trop
pour te juger en critique : tu peux
donc, en toute sûreté, écrire ; tu seras
toujours, par ta Minette, reçu avec satisfaction. Tu n'auras pas de grands
frais à faire, puisque c'est dans l'ame
qu'on puise l'élévation de son génie.

2   3*

Adieu, mon cher **★, mon petit frère. J'ai fait ta commission auprès de ta cousine ; tu vas le voir par le même courrier. Mille baisers , dans cette lettre, à mon petit ***, de ma part.

Je me repose sur vous pour accélérer le terme de mon ennui. Que la campagne doit être intéressante ! Je vous aime sans interruption ; mais je compte ne pouvoir être de même en fait d'écrits. C'est demain ***.

***.

XLVIIᵉ. LETTRE.

11.

AH bien ! monsieur, puisque vous n'écrivez plus, je ne vous dirai pas , *Retirez donc vous*. Fi donc , oublier sitôt sa pauvre Minette ! Je vous jure

qu'il n'en est pas de même chez moi;
ma plus secrète pensée est à vous et
pour vous. On m'accuse ici d'indifférence ; on ne sait donc pas qu'on
n'aime bien qu'une seule personne.
Certes , je dois beaucoup à la reconnoissance, mais me servir des démons-
trations de l'amour pour prouver que
je sais apprécier de bonnes actions , ce
seroit tronquer mes sentiments ; ils se
reportent toujours vers leur auteur.
C'est toi, délices de ma vie, qui, dans
ce moment, occupes mes plus doux
loisirs ; c'est à toi que je dois la con-
noissance des charmes de la solitude.
J'éviterai le monde, mon ami, je veux
vivre isolée ; c'est avec toi que je veux
rester. Si j'avois ton image dans mes
mains, combien elle seroit couverte de
baisers ! combien elle iroit alternative-
ment de mon cœur à ma bouche ! Mais
pourquoi toujours se perdre en vains
desirs ? J'ai tes cheveux : hier, je por-

tois ce dépôt sacré, on me disoit que je devois porter plutôt ceux de ***. Avec le secours de mon imagination, j'ai su si bien broder les choses, que l'on est convenu avec moi qu'en mémoire de la personne à laquelle appartenoit le cœur, il falloit ne pas m'en séparer. Tu sais qu'il est de ma cousine. Oh! oui, je le garde bien précieusement avec le joli souvenir que ta délicatesse me fit accepter sans blesser la mienne.

Mon ami, j'ai à vous gronder : je vous prie de ne pas me dire des choses aussi charmantes dans vos lettres; vous savez que nous sommes un peu trop éloignés l'un de l'autre pour répondre avec véhémence à vos écrits; ils allument un feu très difficile à étouffer dans mon cœur, cela est dangereux; et puis la manie des compliments regarde ta Minette : simple en esprit comme en discours, elle ne suit que l'impul-

sion de son cœur. Apprenez donc
vous que j'adore, que je ne veux pas
de flatterie; elle est faite pour les ames
basses. Voilà d'où vient que je te dis
avec franchise que je t'aime plus que
ma vie, et que le temps ni l'absence
ne peuvent altérer les tendres sentiments de ta ferme amie, amante,
sœur Minette.

P. S. On t'aime beaucoup, mais on
te redoute. J'ai dicté les sept lignes de
la lettre écrite en date du 10. Je te fais
envoyer une ***.

Adieu : mille baisers, et puis mille
baisers encore. Il est convenu que nous
irons à la campagne avec toi. Ceci n'a
pas besoin de réflexions comme la première fois. Je finis toujours à regret
avec toi. Allons, laissez-donc moi,
ou bien..... Tu devines. Un baiser
plus brûlant que les autres t'empê-
chera de répondre.

***.

~~~~~~

XLVIIIe. LETTRE.

II

Voyez l'injustice des hommes ! Ai-je jamais, soit en paroles, soit en actions, fait croire que je doutasse de vos pouvoirs ? Regardez-bien ma lettre, et vous verrez si je vous soupçonne ne devoir vos hauts faits qu'au hasard. Mauvaise tête, vous me forcez à croire ce que vous réfutez avec un soin tout particulier. Je n'ai pas besoin de sonder la cousine ; comme un enfant, elle s'apprête à jouer avec vous à la campagne. Reposez-vous mon doux ami, sur mes soins empressés pour faire réussir la partie que l'amour, dans des temps plus reculés, rendit si intéressante. Je ne vous dois point remercier de m'appeler à vos côtés, vous devez y

trouver votre compte ; et d'ailleurs
vous êtes aussi content de vous faire
valoir qu'un autre. C'est moi qui ne
cesse de faire des sacrifices : par un
diabolique arrangement, je suis en
ma qualité de femme, contrainte d'o-
béir à une cousine très-impérieuse ;
ensuite, d'une humeur exécrable,
quand il s'agit de se mettre en route;
de plus, pendant le voyage, et à
chaque cahot une sottise. Tu crois
peut-être que tout cela me rebute ?
oh ! que j'ai plus de courage que les
amantes ordinaires ! L'amour me tient
sur ses genoux pendant trente lieues
de suite, tu demandes ? Oui, monsieur, je vous le jure, et ce dieu n'est
jamais las. Tu voudrois bien lui ressembler !.... Ne va pas, mon ami, me
gronder de mon style ; songe que j'ai
ta lettre sous les yeux. Tu veux que
je te lise tout ce que tu écris : il n'est
pas une expression, pas un mot, pas

une virgule, qui ne reçoivent de ton
amie un baiser. Une telle recomman-
dation se fait à une femme coquette,
qui jette un coup-d'œil, pour satisfaire son amour-propre, sur les écrits
qui arrivent en foule l'assiéger ; mais
à celle qui aime, qui trouve son bonheur dans ce qui peut avoir touché la
personne qu'elle vénère le plus au
monde, il ne faut pas, dis-je, l'engager à se satisfaire ; elle connoît trop
bien comment on aime pour déroger
aux plus petits principes. Tu sais que
je suis terrible sur ce point d'honneur : c'est peut-être aussi un moyen
adroit par lequel je fais produire à la
vanité les effets de la vertu amoureuse
(on n'aime que foiblement quand on
n'est point vertueux). Mais la vanité
pourroit-elle produire un tel effet, si la
générosité, la douceur ne faisoient pas
le fond du caractère de mon aimable
lecteur ?

D'après le commencement de ma lettre, tu vas me juger comme une ingrate. Je suis trop pénétrée de reconnoissance pour te laisser un instant douter de la force de ce que je t'avance; elle est, suivant moi la source de bien des vertus; elle contribue à nous former un cœur humain et sensible; elle nous inspire l'amour, et nous fait considérer toutes nos chaînes comme les plus douces. En en connoissant si bien les beautés, tu vois, mon cher ***, qu'il me seroit difficile de ne pas la pratiquer. Une autre que moi donneroit son ignorance pour excuse.

Je ne dois pas finir celle-ci sans te reprocher, mais tendrement, d'avoir manqué de m'écrire le 9 : ou ta lettre est égarée, ou tu as été négligent. Je ne te déclare point la guerre pour cette légère faute, mais je me dispose à te punir de ta témérité. Tu menaces ***; souviens-toi du proverbe, *Qui menace*

2   4

a grand'peur. Je jette le gant ; tu diras non. Monsieur, je ne vous fais que répéter ce que je crois fait pour être adapté à vos défis. Au revoir, mon cher ami, être trop aimable, trop charmant ; aime bien ta Minette, elle ne respire que par ton amour ; sa vie est un garant de son extrême tendresse : tu es l'ame de cette existence que je ne chéris que depuis qu'amour est venu l'embellir. Sois toujours heureux ; compte avec les dieux les jours que la félicité suprême t'accorde ; sois certain que ton amie a juré sur les eaux du Styx , mais sur l'assemblage des plus purs sentiments , un amour éternel. Adieu , mon soutien , mon guide ; je remets le langage enchanteur du chien à t'apprendre devant celui qui me fournit de si jolies idées. Ta plume ne se refuse plus comme autrefois à peindre les vœux de ton cœur. Si , comme tu

prétends, c'est à moi que tu dois cette
heureuse métamorphose, il faut tous
deux en remercier le dieu qui charme
nos instants ; c'est lui, mon ami, et
point un être si peu digne d'hommage, tel que moi, que nous devons
exhorter à ne pas nous abandonner.
Toujours Minette.

Décemment je ne puis cacheter ma
lettre sans demander raison de cette
phrase : « Adieu, lampe de mon exis-
» tence ? si tu cessois un instant de
» de m'aimer, elle s'éteindroit ».
Prends-y garde.... Quelle horreur !....
Voilà, ce me semble, l'occasion de
chercher une querelle, mais il me
manque la force de la commencer..
Vous êtes un méchant avec vos mots
à double entente : vous n'avez point
la mémoire récente, sans cela vous
vous souviendrez que j'ai un caractère très-mauvais. Je n'ai pas besoin de vos ordres pour vos lettres,

elles sont à moi.... Je cesse de vous aimer, et je n'y prends pas garde. Voyons, qu'en arrive-t-il ? Dites, petit serpent qui trompas Eve !...

XLIXe. LETTRE.

13.

Je m'ennuie ici, mon cher***, je m'y ennuie beaucoup. Tu n'écris point, tu m'abandonnes ! Peu accoutumée à déguiser mes sentiments, puis-je me plaire avec ceux auxquels je ne saurois les montrer sans réserve? Il faut être dans une situation fort heureuse, pour s'amuser des gens qu'on aime peu ou qu'on n'aime point du tout. La promenade que tu as été assez complaisant de faire avec *** t'a donc amené des souvenirs ? Si tu savois, mon souve-

rain, quelles délices pour mon cœur,
lorsque je lis les traits d'une plume de
feu! Je regarde les aveux d'un amour
qu'on partage comme un nouveau jour
qui porte la lumière dans nos idées.
Un charme inconnu, quand je te reçois, se répand sur tout ce qui m'en-
vironne; les objets changent, ils deviennent riants, plus aimables, quand
mon imagination, encore frappée du
moment délicieux que nous passâmes
ensemble dans ces lieux que tu chéris,
me dit : Tu pourras peut - être jouir
d'un bonheur parfait. Je te laissois
voir, mon divin amant, le plaisir que
tu faisois passer dans mon ame; tu
jouissois, et augmentois par tes transports la reconnoissance avec laquelle
tu reçus le serment de t'aimer toujours.
Depuis ces beaux jours, réunissant tous
les penchants de mon cœur, je ne respire que pour t'adorer. Que ce temps
est encore cher à mon souvenir! Que

j'étois heureuse ! Quel bien est compa-
rable à la douceur d'aimer un homme
qui est en tout digne de notre affection, de notre cœur, qui nous idolâtre,
qui nous le répète à chaque instant ,
dont tous les desirs se confondent avec
les nôtres ! Quel plaisir de l'attendre,
de le voir paroître!... de lever les yeux
sur lui....... des yeux que sa présence
anime, de lire dans les siens qu'on est
belle et qu'on lui plaît ! Qu'il est flatteur de se voir l'objet de ses soins, de
ses préférences , d'imaginer qu'il ressent tous les transports qu'il excite,
qu'il jouit de tous les plaisirs qu'il
donne!... Ah ! mon ami , pourquoi
souvent l'inconstance, innée en nous,
change-t-elle en amertume un sentiment si doux ? D'où vient que deux
personnes , qui ont l'égal pouvoir de
vivre dans une félicité si pure, si vraie,
une des deux s'en dégoûte, cesse de
sentir , et livre l'autre à d'éternels re-

grets?.... Aimable sensibilité, présent cher et flatteur ! non, ce n'est pas vous qui nous rendez malheureux; notre inquiétude naturelle, nos caprices empoisonnent les dons du ciel, et nous font prodiguer, sans en jouir, les biens précieux qu'il nous accorde........ Tu crains que tes lettres ne soient trop longues, qu'elles ne me fatiguent. Toi, mon meilleur ami, penser que tu peux m'ennuyer ! C'est très vilain assurément. Tu ne veux donc pas croire que mon unique amusement est de les lire? le sentiment qui me les fait aimer ne portera jamais mon esprit à se plaindre. Pardonne si je te dis sans cesse la même chose. Si tu savois !... rien ne me dissipe, je me surprends quelquefois dans une humeur que je me reproche. On dit que la solitude porte vers la misanthropie : j'imagine que le grand monde seroit plus propre à me produire cet effet,

si l'indulgence, naturelle à un bon
cœur, ne combattoit l'aigreur des réflexions de l'esprit. Qu'il s'élève de
singuliers mouvements dans l'ame!
En apercevant les travers, le ridicule
et l'inconséquence de tant de gens
avec lesquels il faut vivre, celui qui
s'en croit exempt et veut les supporter,
doit se regarder, au milieu de ces
extravagants, comme une personne
saine, environnée de toutes sortes de
malades; elle seroit injuste, si elle leur
savoit mauvais gré de ne pas jouir
d'une santé aussi florissante que la
sienne. Mon ami, songe que, si tu ne
me rappelles, mon mal est incurable;
alors, à quoi bon des calmants? O
mon ami! j'ai un cœur inconcevable
quand il est contrarié; mais aussi,
pourquoi de fausses promesses? Nous
sommes au 13; rien, pas de lettres
pour ma cousine. Regarde si tout cela
ne me change pas le caractère : j'ai

toujours les mêmes principes ; souvent
je les déments, j'agis contre moi-
même. Qui est cause de ce renverse-
ment? C'est le flegme de ***. Allons
donc, écris donc; il ne faut qu'un mot
à ta cousine pour rendre le calme à
mon ame. Gronde-moi bien fort, j'a
besoin de toute ta sévérité. Ai-je un
tort bien grand, mon prince? parle
donc.... Quand celle-ci sera dans tes
mains, je me flatte que tu auras rempli
des engagements. Veux-tu que je t'envoie ta lettre d'avant-hier? Tu disois
que le sept....; non, j'ai mauvaise
grace à t'accuser; tu n'es pas coupable
d'indifférence, mon cœur m'en est un
garant.

Adieu, mon réfuge. Comme je vais
te caresser! En attendant un doux baiser.... Monsieur, je veux votre portrait, ou je me fâche. Adieu.

***

~~~~~~

Le. LETTRE.

14.

PETIT monstre ! tu as mis ta Minette dans des angoisses à périr cette nuit. Je rêvois que l'on avoit découvert toutes les lettres que tu m'écrivois. Attends-toi à de grands évéuements. Mon ami, je me suis éveillée tout en larmes; j'avois formé le projet de me tuer... Je sais à quoi attribuer ce mauvais songe ; c'est que l'insupportable poste n'avoit point délivré hier ma ration spiri-tuelle. J'ai eu besoin de recevoir de toi une jolie let·re , qui est en petit brun, c'est-à-dire sans enveloppe ; j'en aurai une seconde après la distri-bution. Je suis trop heureuse d'avoir cette poste ; aussi mes murmures doi-vent s'étouffer en pensant que sans cette bienfaitrice, je serois sans savoir si tu existes à *** ; car ici, tu es au fond de mon ame. Oui, je te reverrai avec satisfaction ; je ne desirerai rien au monde. Arrive bien vîte, instant desiré, je ne serai pas la dernière à monter en voiture. Comme le cœur va me battre, quand ma cousine va me signifier ses ordres !... Mon cher ***, je t'aime avec délices ; je n'ai d'autre plaisir que de m'occuper de toi. Que je suis aise, je vais donc te revoir! Amour, tu sais ce que tu réserves à deux cœurs bien épris ; sois certain de leur soumission.

Je te caresse bien tendrement : adieu. Mille baisers.... Voilà le peintre. Si tu savois comme j'ai l'air triste sur ce portrait ! hier sur-tout ; j'ai été obligée de laisser la séance à moitié ; mais aujourd'hui je vais tâcher d'être jolie, pour me débarrasser plus tôt de cet homme qui cherche à pénétrer la cause de ma tristesse. Tu veux écrire sur l'inaction ; remets cela après une entrevue. Tu penses mieux du contraire. Amour pour la vie.

***

~~~~~~

LIe. LETTRE.

15 pour le 16.

JE n'ai pu écrire ce matin, ayant eu du monde toute la matinée. Mon ami, vous m'avez dit, dans une de vos lettres, que je vous verrois bientôt. Que veut dire le premier paragraphe de votre dernière, *Donne-moi des forces?* Ah, mon dieu! non; je suis si loin de vous en donner, que je suis malade de vous voir remettre à vingt jours une entrevue. Voilà ma foi un beau pouvoir de faire venir les gens quand ils le veulent bien ! cet effort n'a nul mérite à mes yeux. Savez-vous que je suis en colère ? Que je reconnois bien là les hommes ! Pleins d'eux-mêmes, rapportant tout à eux ; les actions les plus simples, celles qui viennent comme par hasard se présenter à leurs yeux, sont justement celles que le ciel inspira exprès pour vous. Tenez, ne me parlez plus, j'ai de l'humeur.... Sûrement j'ai vos lettres : c'est parceque j'ai eu la sottise de vous dire trop souvent que je vous aime, que vous me laissez ici périr, dévorée par un ennui mortel. Avoue, vilain, que tu fais bien du mal à ta Minette. Tu n'as donc pas de moyens de nous faire venir ? Il ne falloit donc pas me bercer d'un espoir aussi flatteur. Tout me déplaît ; ma cousine ne sait à quoi attribuer mon chagrin ; elle a demandé : Est-ce que tu es amoureuse, ma bonne ? Quoi répondre ? dis donc ? Tu es tranquille ; tu prends, dans le sein de

l'amitié, un appui, une force énergique.... Mon ami, un proverbe dit
que pour être fervent en amour, il faut
être froid en amitié : tu sais que l'a-
mour, lorsqu'il s'établit dans un cœur,
y règne en tyran, et en doit bannir
promptement l'amitié, si elle paroît
vouloir partager son empire. Je veux
que tu saches, méchant, que l'amour
est un dieu charmant qui soumet à ses
lois le ciel, la terre, et les mers ; c'est
une puissance qui ne veut pas reconnoître d'égale : du ciel, où il prit naissance, il voulut régler l'empire de la
terre ; jaloux du pouvoir souverain, il
règne despotiquement dans les ames.
Tu as raison de ne plus faire de com-
pliment sur mon triste style ; ce seroit
un moyen de nous brouiller à feu et à
sang. L'amour qui sait donner une
nouvelle forme à l'ame, qui épure les
sentiments, qui humilie l'orgueilleux,
donne de l'esprit aux stupides, a-

prend aux femmes à écrire ; l'amour
dirige le cœur, commande à l'univers.
Il faut, trop aimable et en même
temps charmant coupable, que je te
fasse un aveu : c'est l'amour qui est
mon guide : je méprise quelquefois les
avis de la raison, si elle se révolte contre
mon cœur. Lorsque la douce fraîcheur
du soir m'invite à prendre l'air, le chant
des oiseaux, les fleurs, n'ont plus de
charmes pour moi ; l'amour seul est
la source de tous mes plaisirs. Si je
prie le dieu qui nous donne l'être à
tous, l'amour réclame son culte, et
dérobe au ciel la possession de mon
cœur ; c'est lui qui me conseille le
jour ; c'est lui qui, pendant la nuit,
occupe mon ame. Quand je m'éveille,
après avoir été victimée par un songe,
je cherche s'il a été avantageux ;
alors j'en repasse toutes les plus petites
circonstances. Je réfléchis aux lettres
obligeantes que tu m'adresses, sur mes

réponses, qui me sont inspirées par un
assemblage de sentimens bien tendres.
Pense toujours, mon ami, à tout ce
que je fis de plus cher pour toi ; ne déguise rien à cette ame dont je partage
les douleurs et la joie ; rends présens
à ton esprits les témoignages d'amour
et de fidélité qui furent le prix de nos
vœux mutuels. Tu dois juger combien
je souffre de l'absence. O ciel, si tu
m'avois trompée ! si c'étoit pour rire !
mais non, c'est impossible.... Je suis
contrainte à ne voir que des objets in-
différens, tandis que tu es le seul être
que mon cœur brûle de rencontrer.
Cher amour, objets de mes vœux,
quelle douce idée je me faisois d'un
bonheur éloigné ! Plaisirs trop courts
dont je ne suis assurément redevable
qu'à mon imagination, je suis donc
privée encore de tout ce que j'adore,
pour une éternité ! De quel douleur
poignante mon pauvre cœur est navré !

Qu'elle tristesse s'empare de mon ame,
Loin de ***, quel plaisir puis-je goûter ? Pourquoi paroître en public !
puisque celui que j'aime n'y est pas !
Qui mieux que ton amie peut peindre
les agitations de son ame ? Qui mieux
que moi peut exprimer la joie, l'inquiétude, la tendresse, qui agitent
mon cœur à la lecture d'une lettre chérie ? Ravissements divins qui ne sont
connus que des véritables amants ! Qui
mieux que nous, mon bon ***, peut
peindre et rendre ces tremblements,
ces craintes, ces soupirs, ces larmes de
joie, ces transports délicieux ? Qui peut
donner une idée de cette chaleur douce
et modérée, de cette flamme active qui,
tour à tour consument et animent le
cœur ? Quel que soit, mon doux ami,
le style de mes lettres, interprête-les
favorablement: peut-être quelques unes
ont-elles un air de froideur bien diffé-
rent de la douceur ordinaire des au-

2   5*

tres ; mais en les lisant toutes, tu verras
qu'elles sont dictées la plupart par mon
cœur : regarde les plus aimables comme
une expiation pour celles qui pourroient être désobligeantes. Au reste,
si tu les trouves un peu dures, je te
prie de ne point en accuser mon cœur,
tu sais que l'Amour sourit toujours ;
il flatte agréablement pour indemniser
des actes de sévérité de ses sujets. En
dépit de toi, il régnera toujours, tel
que toi, en souverain dans mon cœur.
J'aurai bien du plaisir à te dire de vive
voix, Je t'aime ; mais l'air emporteroit
sur-le-champ ce précieux aveu, au lieu
qu'en confiant à ce papier cette vérité
constante, j'en fais un témoin éternel.
L'amant, le frère, le dieu de mon
cœur y lit clairement les motifs de son
amour, en se persuadant toutefois que
c'est mon ame que je lui envoie : les
lettres subsistent encore, quand l'air a
dissipé les paroles. Je veux donc te

prouver que tu as raison de me laisser éloignée, puisque tu m'apprends à être patiente; et en même temps tu gagnes du temps pour me faire voir que tu aimes autant dans l'éloignement comme de près. Je ne veux de toi d'autre sacrifice que celui de m'écrire tous les jours; il fait le charme de mon existence. Tu crois que tu pourrois tenir un serment tel que celui que tu annonces dans ta lettre en date du 12 soir : cela, mon ami, est peu honorable pour mes baisers; puisqu'ils t'électrisent, ils doivent nécessairement te faire oublier ce que tu promets dans l'éloignement.

Adieu, vilain, qui parle inaction. Fi ! monsieur, on ne relève pas de pareilles expressions. Je reste, puisqu'il faut se conformer à vos ordres; mais je vous assure que je n'ai pas de plaisir du tout. Votre cousine vous écrit par le même courrier : j'ai dicté les dernières phrases de la lettre. Vous

n'êtes plus mon ami : j'avois bien ré-
solu de vous apprendre la langue de
*** ; vous vivrez dans l'ignorance jusqu'à la fin de votre vie, pour vous punir
de votre pouvoir à nous faire venir
près de vous. Je n'ai que faire de votre portrait, je n'aime plus l'original.

Je finis en vous haïssant comme
vous le méritez. Par une mauvaise
habitude je vous embrasse encore ;
c'est pour la dernière fois : entends-
tu, vous ?

La cousine vient d'écrire à l'ami de
la rue du *** ; tu riras, si on te fait
lire sa lettre. Je ne vous aime plus,
c'est décidé ; je ne veux plus recevoir
vos lettres ; ainsi ne vous donnez plus la
peine d'écrire.... Oh ! si, encore un
peu, puisque c'est tout ce que tu
peux faire....

***.

~~~~~~

LIIᵉ. LETTRE.

17.

Un nouvel incident , mon bien aimé. Ta cousine vient d'être ins- truite par un être que je ne con- nois pas , ou par un moyen ancien, celui de plaider le faux pour savoir le vrai , enfin elle sait que tu es venu deux fois à la campagne. Comme il auroit été inutile de feindre plus long-temps , et que tôt ou tard elle auroit appris ce qu'elle sait à présent, j'ai cédé à la force ; ce n'a pas été sans peine ; j'ai été grondée avec une sévé- rité digne d'elle. Tu sais que nos larmes sont notre réfuge ; on a été sensible à mon chagrin, on m'a reproché d'être trop discrète (on ne peut cacher une

chose comme celle-là , s'il n'y a pas
quelques anguilles sous roche): on a
de violents soupçons, on les rejette
avec horreur. Pour finir , j'ai dit :
Voici la cause de mon silence; tu es
sévère, on ne peut jamais rien t'avouer
sans craindre des accès de colère de ta
part ; tu es en fureur plus tôt qu'on a
fait de parler; tu m'effraies à un point,
que j'aime mieux en apparence paroître coupable, que de te communiquer
les choses; que, lorsque tu es de bonne
humeur, je guette ce moment, et quand
je te vois aimable, alors je me lance...
On a écouté ma harangue avec un air
vraiment pathétique : elle m'a demandé
plus de confiance, on a promis plus de
douceur. D'après cela, mon cher.***,
il faut redoubler d'attention et ne pas
négliger son amitié : elle doit te faire
des reproches de ta discrétion ; je l'ai
priée de n'en rien faire, mettant toutes
les fautes de mon côté: mais je dois,

et cela d'accord avec elle, à la campagne te demander devant elle : Mon
petit frère dites, dites à votre amie
combien de fois vous êtes venu à la
campagne...... Tu entends que tu
diras avec un air de vérité : Deux
fois. Alors tout s'arrangera à notre
gré. Ne parlons plus de ce qui me
fit tant de mal. Je te remercie de ta
devise latine : tu crois donc que je
n'aurois pas deviné cette jolie idée ?
est-ce que je n'ai pas le dictionnaire
latin ? Je ne te cherche point de mauvaise querelle, je te jure que je
n'avois point eu de lettres, quand je
t'en parlai dans mes dernières. Tu
vois bien, ma chère ame, eh bien !
la petite catastrophe d'hier accroît
mon amour pour toi ; je t'adore avec
tant de gaieté d'ame, que je ne suis
heureuse que lorsque je suis avec
ma plume. Mes gens me grondent
des soupirs que je laisse continuelle-

ment échapper ; en conscience je ne
suis pas maîtresse de les retenir. Je
ne pense jamais à toi que mon cœur
ne brûle d'une double flamme, qu'il
ne soit oppressé par de longs soupirs,
et que mille transports ne fassent
connoître la force de mon ardeur.
Je ne sais, il y a des gens qui osent
donner le nom d'amour à une passion
foible et tranquille : ceux qui n'en
éprouvent que de telles desirent plutôt
d'être amants qu'ils ne le sont en
effet ; ils ne doivent pas se mettre au
rang des nobles victimes qui s'immo-
lent sur les autels de l'Amour. Mais
nos ames, mon tendre ami, brûlent
d'une flamme plus glorieuse ; c'est
elle qui nous éclaire et qui nous em-
pêchera de jamais nous perdre ; c'est
elle qui nourrit toutes nos espéran-
ces ; elle seule nous fait penser que
nous sommes dignes l'un de l'autre.
Une passion si vraie, si ardente, n'est-

elle pas faite pour être toujours heureuse ? Sans l'union de nos ames pourrions - nous nous communiquer ces plaisirs suprêmes qui mettent le comble à la félicité de deux amants, et dont les expressions les plus tendres et les plus passionnées peuvent à peine nous donner une idée ? Sans doute, mon ami, l'amour que l'on inspire est préférable à celui que l'on ressent, et il est plus glorieux, ce me semble, de donner que de recevoir ; le bienfait renferme quelque chose de céleste. Tu vois que ma confiance en toi est extrême, comme ma passion est véritable. Tout amour doit avoir ce caractère, ou il ne mérite plus ce nom divin : ce ne seroit plus alors qu'une affection indifférente. Que signifieroit notre amour, si nous aimions froidement ? De tendres affections unissent les frères et les sœurs, les amis, les parents ; mais qui pourroit exprimer l'excès du plaisir que goûtent deux ames, lorsqu'unies ensemble elles forment sans cesse des vœux pour leur bonheur mutuel? c'est la plus vive des jouissances. Je ne tarirois jamais, si je n'étois forcée d'abandonner par la visite de mon sot peintre. Adieu donc, tout ce que j'aime, je me résigne à n'aller à *** que dans trois semaines. Quelle privation pour une femme qui chérit à l'adoration le plus aimable des humains! Je suis à lire dans ce moment l'Optimisme : est-il une plus étrange folie? Veux-tu être Candide? je serai ta Cunégonde, aux petits accidents près arrivés à sa vertu.

Je te quitte à regret; cent baisers cachètent ma lettre écrite à la hâte. Je suis toujours mélancolique, et par conséquent très éprise de toi. Pardonne si mon style est si diffus : mais, mon ami, tu ne pourrois concevoir combien je tremble quand je t'écris, c'est un mélange de crainte et de plaisir.... Il faudra bien convenir du nom de la voiture qui sera chargée de m'apporter ta douce figure, afin de ne pas faire de quiproquo. Je te donnerai un baiser bien tendre quand nous nous verrons, pour avoir été cause, sans le vouloir, du léger nuage d'hier. Toujours ta Minette chérie, n'est-ce pas ? toujours aussi de la prudence ; tout notre bonheur s'évanouiroit en un instant ; j'en mourrois de douleur.

***.

~~~~~~

LIIIe. LETTRE.

18.

Tout va pour le mieux dans le meilleur des mondes ; tu sais que Panglos l'a dit. Ta cousine m'a fait lever à trois heures ce matin pour lui administrer des secours nécessaires à sa santé : elle a pris une dose d'ipécacuanha, qui lui étoit à-peu-près aussi utile qu'au petit chat. Malgré cette maladie imaginaire, en esclave de ses devoirs, elle est au travail.

A présent, parlons de ta manière abominable de ne pas me comprendre. En vérité, ***, vous êtes un grand mal-adroit. Ne rions pas et écoutez : Tu disois dans tes précédentes, il faut que je te voie, je me meurs d'ennui,

j'irai plutôt te trouver, j'affronte
tous les dangers, je m'expose la nuit
je vole, je cours, je me jette à corps
perdu dans les avantures ; enfin parle, divinité, ordonne, commande,
et j'exécute. Voilà, si j'ai de la mémoire, un résumé exact des superbes
ruses que tous les jours je recevois.
D'après cela j'en appelle à toutes les
maitresses de tous les amants du monde
pour savoir si on ne pourroit pas faire
sa valise et partir à tout hasard, étant
persuadée qu'on trouveroit tout au
moins à sa rencontre le digne esclave
de ses volontés suprêmes. Point du
tout : je demande qu'on veuille bien
accélérer un voyage que je sais être
éloigné encore de six semaines ; croi-
roit-on que c'est un homme qui entend
le françois passablement qui répond :
Est-ce que tu comptes arriver bientôt?
Avertis-moi d'avance, ne sachant pas
à quel point cela est nécessaire. Un

être vivant à qui je communiquerois cette correspondance croira que c'est un Iroquois, un Lapon danois, ou un Icoglan qui répondent pour ***. Voilà, mon cher petit, ce que tes mille et une étourderies te causent. Je te gronde une bonne fois pour toutes ; mais ne sois pas si fou dorénavant. Il faut que je tire les cheveux pour me croire capable de te soupçonner de la plus petite indifférence. Je sais trop bien aimer, et je crois mon amant trop épris aussi pour m'oublier aussi vîte. Tu ne sais pas comme je suis orgueilleuse ; je crois qu'il n'est pas possible de trouver nulle part une amie telle que Minette. Laisse-moi dans la ferme persuasion que je suis toujours aimable à tes yeux, j'aurai du courage pour le devenir.

Il seroit prudent d'attendre que

nous nous vissions pour la remise des portraits : il y a de l'héroïsme de ma part à attendre ; mais, mon tout aimable, nous sommes dans une position si épineuse, qu'il faut mettre une grande circonspection dans nos conduites. Ne va pas imaginer que je ne te desire plus ; ô mon ami, je t'en voudrois de t'arrêter à de semblables idées... Moi qui ne vis que pour toi, crois que je n'ai rien tant à cœur que d'être toujours ton amie, et que je serai toujours digne de ce doux titre, Tu rêves aussi : quel est donc ce petit démon qui nous tente tous deux? C'est Cupidon ; non, c'est Morphée qui jure de nous faire souffrir. J'en suis fâchée pour moi, mais pour mon cher *** j'en suis ravie ; il mérite souvent une correction que les dieux ne peuvent lui refuser. Je vais faire une demande à l'Olympe, afin qu'on t'envoie des songes de toutes couleurs. N'est-il pas probable qu'a-

près avoir pensé à ta Minette le jour,
tu y penses encore pendant la nuit? Je
vais diriger d'ici tous les diables après
toi. Tu vois que la vengeance céleste
est dans mes mains, aussi en profite-
rai-je. Je te réserve des tourments af-
freux; il faut que tu sois en proie à la
jalousie; il faut que ce monstre déchire
ton cœur et qu'il réduise ta raison; il
faut, en dormant, que tu te persuades
de mon infidélité, et que tu t'expliques
défavorablement toutes mes actions : je
souhaiterois que cette jalousie montât
jusqu'à son comble, et que tu fusses
sur le point de succomber sous le poids
de ton désespoir.... Que ton cœur
cesse de murmurer, ceci n'est qu'illu-
soire; c'est pour te faire enrager que
j'ai l'air de te souhaiter du mal que tu
ne mérites pas. Je demande excuse de
ma méchanceté : tu avoueras qu'il y a
de ta faute dans ma colère.... Adieu...
On a beaucoup appuyé sur *car il faut*

qu'elle soit de la partie !... C'est charmant! tu es adorable!.. Les soucis se dispersent; on m'aime beaucoup; et on promet qu'on m'attachera par une jambe, puis par un bras après soi, quand nous serons à la campagne; crainte d'une échappée la nuit : on se propose de se mettre dé ton côté, comme te regardant foible.... Mon ami, je n'ai pas cru devoir prendre ta défense; ce seroit pousser un peu trop loin l'indulgence.... C'est bien fait; je te veux faire souffrir comme un malheureux en enfer. Tu ne saurois pas m'inspirer des sentimens si doux ! Monsieur, vous méritez toute la rigueur possible; aussi de ce moment... Faut-il jurer? je suis capable de tout. Si on avoit été assez honnête pour demander positivement à ma cousine de venir sous peu à ***, j'aurois incontinent fait passer à mon ami un extrait du dictionnaire de la langue qu'on me

demande; mais comme on prie la cousine de se concerter avec un être aé-
rien (car elle est toujours à la campagne, ou je ne sais où), je ne puis en
conscience me démunir en votre faveur d'une chose qui devient chère
par le prix qu'on a la très grande poli-
tesse d'y mettre.

C'est avec toute la distinction que
vous méritez que je suis, mon cher
ami, aux grands pouvoirs, votre soumise, et plus encore l'admirateur fe-
melle des choses étonnantes qui sor-
tent de votre plume, quand elle tourne
dans vos doigts pour correspondre
avec la chère cousine. Il faudra lui
faire des tours pendables ; je puis
compter sur vous pour les exécuter...
Je suis donc, pour en finir honnête-
ment, la plus tendre, la plus sincère,
la plus énergique, la plus soupçon-
neuse, la plus capricieuse, la plus insupportable de toutes vos maîtresses.

P. S. Songez que je ne décolère pas depuis huit jours. J'attends aujourd'hui une lettre de vous : dieu veuille qu'elle ne se ressente plus de votre déraison! car j'en serois malade pendant une semaine ou deux, que vous avez la complaisance, par votre pouvoir, de me laisser ici. Nous verrons si vous avez un bon caractère ; vous voyez que le mien ne passera pas pour un des plus agréables du meilleur des mondes. Tel commencement, telle fin..... Adieu : je boude bien fort, bien fort, pour rire s'entend....

***,

LIVe. LETTRE.

19.

M on ami, j'ai eu hier soir une peur, mais une peur qu'à peine si j'en suis

tranquille. Ta cousine avoit besoin de
papiers qu'elle avoit confiés à ***.
Cette dernière, étourdie par cette demande inopinée, crut que tout étoit
découvert; elle me prie de les chercher
avec elle : la cousine étoit sur mes
épaules, je l'y portois en effet!... Me
trouvant trop bête pour chercher ce
qu'elle vouloit, elle me prend par le
bras, retourne tous mes habits, va
pour mettre la main sur des bonnets
de dentelle à moi; je me saisis à l'instant de deux dans lesquels étoient tes
lettres; et me voilà plus morte que
vive, précipitant dans les flammes les
bonnets et les lettres; le temps de
t'écrire est plus long que celui que je
mis à cette grande expédition. Elle n'a
rien deviné, cette cousine!..... Nous
avons nous deux *** ramassé bien précieusement les cendres de mon auto-
dafé : je les garde dans une boîte; je
défierois bien l'homme le plus péné-

rant d'y rien voir. Je ne te cacherai
pas que je n'ai pu retenir mes pleurs
d'avoir mis une si grande promptitude
à me défaire de ce que je relisois si
souvent et avec autant d'ardeur que de
plaisir. Juge, mon cher amant et ami,
de la révolution que cela put me faire !
Je maudis aujourd'hui mon esprit
craintif. Qu'avois-je besoin de brûler ?
car elle n'a pas l'idée que je cache des
lettres, mais bien de l'argent. Pardon-
neras-tu à ton amie cet acte de vivacité ? Oh ! oui ; j'ai autant à te ménager
que moi : ce n'est pas l'égoïsme qui
me conduit, mes actions ne dérivent
pas de ce mauvais principe ; d'ailleurs,
toi qui es l'image des vertus, toi que
la délicatesse adopta lorsque tu vins
au monde, toi qui base tout ce que tu
fais sur la morale la plus douce et la
plus aimable, comment n'aurai-je pas
confiance au pardon que j'implore et
que mon amour réclame ? Digne ar-

bitre de mon bonheur, être que j'a-
dore, ne crois pas que l'absence altère
les sentiments que je t'ai voués. Les
passions chez les humains peuvent
être justement comparés aux voiles
d'un vaisseau ; ces voiles trop enflées
peuvent occasionner le naufrage, mais
sans elles le vaisseau ne va pas. Il
résulte de ce raisonnement , que nous
devons vivre tranquilles l'un et l'autre
sur la durée de notre amour; il est
l'ame de notre vie, il entretient l'harmonie de deux cœurs formés pour vivre
heureux ensemble. Il faut être un siècle
encore sans te voir ! Il est pourtant
bien doux de procurer à ce sens , qui
peut être regardé comme le plus vif ,
l'objet de toutes ses occupations éter-
nelles. Rien ne fournit plus d'idées
que l'organe de la vue ; l'œil appartient à l'ame plus qu'aucune autre
partie du corps; il semble y toucher
et participer à tous ses mouvements ,

n'est-il pas vrai ? Je vais donc pendant
quinze jours m'en tenir à l'espérance,
qui est la plus utile de toutes les affections de l'ame ; elle est une espèce de
joie qui , semblable à l'or en feuilles ,
se développe et s'étend sur tous les
moments de la vie. Si tu prends garde,
mon dieu tutélaire, à mon style d'hier
et à celui d'aujourd'hui , tu pourras
croire que je suis folle : c'est mon extrême confiance en tes bontés qui fait
que je confie au papier les divers mouvements de mon ame ; je suis certaine
d'avance de ton indulgence. On dit
que les vapeurs de la mélancolie et de
l'ennui sont extrêmement contagieu-
ses. Vive les saillies de la joie ! elles
aiment à se communiquer. Il est de
certains regards qui empoisonnent
tous les plaisirs ; ceux de l'amour sont
pleins d'étincelles , ils charment tous
les soucis des êtres qui les approchent.
Mon cher trésor, si tu savois à quel

point j'aspire aux instants, qui cou-
lent si longuement, pour t'embrasser,
te jurer de nouveau un amour sans
bornes!.. Je perds quelquefois la tête,
je ne dis pas deux mots de suite, je
finis toujours par des soupirs...... Ce
sont eux qui, chez nous, forment
(semblables à des esprits enflammés)
une chaîne invisible et mystérieuse ,
par où nos cœurs sont attirés et en-
traînés par un charme inexprimable
vers un centre commun, symbole de
l'union naturelle où tout reprend sa
place : ce sont eux qui remplissent les
vuides de l'absence. Un soupir dirigé
vers celui qui nous aime est un bonheur que tout le monde ne peut sentir.
Je crains à la fin de t'ennuyer : je bâ-
varde comme une pie sur un sujet que
je m'étois cent fois proposé de ne point
traiter sur tous ses points ; on est parjure sans honte, je le vois à présent.
Tu as sans doute ma lettre dans laquelle

je te dis mieux aimer tenir de tes mains le bienheureux portrait. Que je suis courageuse ! Ecris à ta cousine d'être à *** pour le 27 du courant ; alors nous pourrions nous mettre en voyage le 29 pour la campagne : tu peux commander, puisqu'on t'aime suffisamment pour un ami. J'évite de parler de toi, mais mes soupirs me trahissent : quand on a l'air de s'inquiéter de quèl côté je les dirige, je les adresse droit à mon fils. Je ne suis point achevée, j'ai toujours l'air boudeur, mais sous des vêtemens que tu aimeras ; je ne suis point en bourgeoise. Si tu pouvois imaginer avec quelle force je t'aime, tu me plaindrois ; il n'est pas possible de le croire. Je ne veux plus sortir ; je ne trouve de plaisir qu'avec ma plume. Hélas ! qu'elle est froide en comparaison des feux brûlants que je conserve en mon cœur pour toi ! Ne pas te voir est un grand tourment; mais, si je te perdois, ma vie ne seroit pas de longue durée : tu m'es aussi nécessaire que l'air que je respire : tu échauffes l'atmosphère ; tu es tout pour moi ; enfin je ne vis que pour t'adorer. C'est avec cette longue série de vérités que tu seras toujours mon meilleur ami, comme je veux être la tienne. Ta tendre et sensible Minette.

P. S. Tu n'écris plus quatre pages. Adieu...... Des larmes ; des baisers, tout cela est sur le cœur de ton amie, et se distille pour toi.

***.

LVe. LETTRE.

20.

COMME mon ame est affectée j'écris.
Tu sais à quel point l'esprit du pauvre
sexe est sujet aux variations. Ma lettre
dernière n'est ni un résumé de ce que
je pense , ni un sophisme d'imagination , n'ayant pu donner à mes idées
aucunes suites. Je vais encore me ré-
crier sur le défaut d'éducation qu'on
n'accorde point aux femmes. Nous
avons des moyens pour raisonner ,
nous avons même plus de sagacité que
vous; mais on veut dès l'enfance nous
faire concentrer nos idées dans un petit
nombre d'objets ; toute notre éducation porte plus sur nos manières que
sur nos mœurs ; il semble que le sentiment et la raison ne soient que le

supplément de la beauté naissante :
devenues plus grandes , l'artifice des
paroles est la nourriture que l'on donne
à notre cœur ; on nous rend la dissi-
mulation et la fausseté nécessaires :
l'esclavage, auquel on nous forme , a
la recette certaine de rabaisser l'élévation de nos caractères , et ne nous
laisse qu'un orgueil sourd , sans aucuns
moyens : on ne nous prépare qu'à régner dans l'empire des bagatelles ; on
nous en fait une espèce d'état. Tu diras peut-être, mon petit ***, que j'exagère, et cela parce que j'ai de l'humeur
d'être tout aussi peu qu'une autre ;
non , c'est que je rougis d'avoir été
élevée à dissimuler mes desirs. Regarde
l'injustice : tandis qu'on nous forme uni-
quement pour l'amour, et que l'exemple
de tout ce qui nous entoure nous invite, on nous peint ce petit dieu comme
un monstre , et cette peinture est ce
qu'on appelle des leçons de chasteté,

de vertu, d'honneur.... Souvent celui qui nous donne ces leçons a immolé cet honneur toute sa vie ; sur-tout on nous défend d'avoir jamais dans les yeux ce que nous avons dans l'ame : droite ou assise, au milieu d'un cercle, comme d'un l'abyrinthe, on n'a pas le fil de l'expérience pour en parcourir les détours. J'aurois encore beaucoup à dire ; mais aujourd'hui je te fais grace du reste.

C'est décadi : par une sympathie toute facile à comprendre je vais à la campagne. Je pense que je n'aurai pas de plaisir du tout ; mais enfin je suis née pour ne vivre que de sacrifices. Pendant que je m'étends en raisonnemens sur nous, je pourrois donner à mon ami des suspicions sur mes sentimens ; il pourroit croire que, pour prendre le parti d'un sèxe opprimé, j'oublie un être charmant ; il ne me feroit injure, mais enfin il pourroit se

croire fondé. Je ne puis plus vivre
comme je fais depuis trois mortelles
semaines ; tu manques à mon bonheur.... Adieu : je t'écris dans mon lit ,
pendant qu'on est allée faire un acte
d'apparition à la boutique. Je te caresse , je te boude , je te serre contre
mon cœur , je te dis : vilain, qui ne
fait pas revenir sa Minette !.... Viens
que je t'embrasse.... Allons , monsieur , ne vous avisez pas de me gronder : mon esprit est malade, vous avez
les simples pour le guérir ; en égoïste,
vous gardez tout pour vous. Si vous
saviez comme je suis sage ! j'en suis
toute pâle.... La cousine se croit ago-
nisante ; d'après cela vous devez bien
penser que.... que je la garde avec
un amour fraternel qui n'est pas
mince.... Elle n'est pas polie la cousine : tu m'as confié là un trésor ;
elle est sur un ton grondeur qui ne
lui va pas bien : tâche de réveiller

ses esprits endormis par une lettre charmante.... A propos de lettres, tu vois, j'espère, que je n'en ai point eu hier. Double jouissance aujourd'hui, à moins que tu n'aimes plus ta Minette. Ta Minette en pleureroit, monsieur, je vous l'assure. Vois toujours ton ami, ton voisin; il est brave homme, mais insinuant.... A force de te répéter la même chose, je te prierai de me remettre mes chiffons de missives; je les mettrai avec grand soin tous les jours sous enveloppe, et je te les renverrai. Je vais te dire: il est inutile de copier ce qu'on a dit cent fois; quand nous nous verrons, nous arrangerons les choses au mieux.... Ta Minette est bien méchante depuis quelques jours; elle a besoin de te voir pour prendre un tant soit peu de ta douceur. J'ai la manie d'apprendre des romances tristes, mais tristes à périr. Pour

ceux qui n'aiment pas, c'est un langage grec ; mais pour moi, qui ne
respire que pour et par l'amour, je
suis souvent enivrée de tendresse : tu
avoueras que je fais des frais pour
rien ; tu n'es pas auprès de moi !....
Ah ! c'est à mon grand regret ! Tu
paieras toutes mes angoisses.... Tu es
un méchant, tu n'uses pas de ton pouvoir.... Regardez donc le beau plaisir
d'avoir un ami un peu propre et ne
jamais... Cela tient à une magie épou-
vantable.... Un baiser de seconde en
seconde.

#

~~~~~~

LVIᵉ. LETTRE.

21.

Mon divin amant, reçois, par une autre voie que celle de ta reconnoissante amie, cent mille remerciements des efforts de tendresse et de courage de ton respectable ami. Que veux-tu de moi ? Je n'ai qu'un cœur, il y a long-temps que tu l'as. O ma chère ame ! que tu m'as fait mal, que tu m'as fait plaisir !.... Notre langue n'est point assez riche pour t'exprimer les vœux de mon cœur ; je suis muette, je suis folle, je suis.... Non, je ne suis pas, je voudrois être avec toi, bien près, dans ton lit.... Je soignerois cette noble moitié de moi-même, je couvrirois de baisers bien doux l'endroit qui fut maltraité dans la route.

2 8

Je n'étois pas auprès de toi dans cet
instant ; je t'aurois demandé excuse
des peines multipliées que ton amour
pour moi te donne. Je vais te voir
devant des témoins : arrange-toi pour
être ici chez nous avant midi ; que je
puisse au moins t'embrasser du fond
de mon cœur. Le faspa du cher *** te
convient ; tu sais que cet animal est
l'emblême de la fidélité ; tu en es le
roi ; tu es le souverain de mon ame ;
tu as tous les ressorts dans tes mains ;
dirige-les de ton côté sans aucune en-
trave.... Je n'ai pas clos l'œil de la
nuit. La céleste cousine donne à tête
baissée dans le proverbe ; et tu crois
que je ne sens pas la force de ton
amour par la démarche que tu viens
de faire ? Ah ! mon pauvre ***, mon
digne ami, ma vie ne pourra jamais
payer le sacrifice que tu fais pour moi.
Ta Minette sent le prix d'une pareille
démarche ; sois certain de sa recon-

...oissance sans bornes. Viens avant midi.... Il est cinq heures du matin.

La saspi, du faspon, cosmis di asasma,

***.

~~~~~~~~~~~~~~~~~~~~~~~~~~~~~~~~

LVIIe. LETTRE.

21.

Quoi ! tu demandes une sotte lettre pour toute récompense de tous tes égards pour moi ? Envoie donc bien vite un être invisible pour me conduire la main, pour élever mon ame jusqu'à toi. Que tu es aimable ! que ton respect a de charmes à mes yeux ! ton silence, vis-à-vis de celle qui t'adore, devient le garant de la durée de ton amour; il a, ce dieu, placé chez toi tous ses agréments ; il me refuse la moindre de ses faveurs: tout se

rassemble pour penser comme ta meilleure amie. Pourquoi le malheur veut-
il que nous ne puissions jouir du doux
plaisir de voir sous nos yeux un être
dont l'amour seroit le père? Que je
serois orgueilleuse si pareil bonheur
pouvoit m'être tombé en partage!....
Je tiens d'une main le portrait de celui que j'aime, que j'aime à l'idolâ-
trie. Il m'en inspire tant à la fois, que
je le quitte, tantôt pour converser avec
lui, tantôt pour placer un mot sur
ce froid papier. Tu passois tout-à-
l'heure.... Dieu, quelle secousse bien
sentie par ton amie! chaque pas du
cheval s'imprime dans mon esprit; je
me lève, c'est lui, c'est l'être pour
qui l'amour m'a formée. Je t'assure
que je renais une seconde fois à la
vie; tu m'enchantes par tout ce que
tu fais pour moi; tu sais donner une
manière à tes offres qui n'effarouche
pas la femme timide. Tu as toujours

…aison avec moi…. Tu pars, mon bien
suprême, et tu laisses les regrets à ***.
Je te dirai demain, dans ma lettre,
beaucoup plus qu'aujourd'hui…. Je
ne suis pas tranquille ; je trouve que
mon style est froid. Que je suis contente ! je vais te voir à table, à côté
de ta Minette : un serrement de mains,
un coup-d'œil, un soupir, rien ne va
m'échapper ; c'est une fête pour moi…
Je suis folle : je n'ai plus qu'une ame,
elle est à toi. Tu sais ce que je pense
de toi ; tu es toujours le toi par ex-
cellence. Tu m'as ravie par ton arrivée ; et moi je ne puis rien faire pour
te remercier : tu es mon bonheur, tu
es ma consolation, et tu n'es pourtant pas à moi…. par un lien qui me
fait mourir de jalousie. Voyage tranquillement, je te suis par-tout, je ne
te perds pas de vue. Nous récompen-
serons à la campagne le temps perdu,
n'est-ce pas ? Pardon, cent fois par-

2   8*

don, des peines que je te cause. Si de
t'aimer avec toute la délicatesse que
tu m'inspires peut t'indemniser, sois-
le, car je ne vis que pour te plaire.
Adieu, adieu.

***

~~~~~~~~~~~~~~~~~~~~~~~~~~~~~~~~~

LVIIIᵉ. LETTRE.

23.

JE crois pouvoir t'annoncer mon retour pour décadi prochain, parce que
ma cousine vient, par une de mes
machinations, de recevoir une lettre
par laquelle on la demande à sa campagne. Je vais mourir de joie. Quant
à l'amitié, elle est portée plus haut
que je n'aurois osé l'imaginer. Quand
on parle de toi on dit : C'est mon
ami, j'en suis certaine. Mon ami ne

ra pas me faire d'infidélités. Je suis
fâchée de te parler ainsi, mais on se
prépare à te fêter. Je te prie de penser
que la Saint-Pierre est un jour qui
doit être consacré aux effusions des
cœurs par ta tendre cousine; ses yeux
deviennent étincelants quand elle
parle du bonheur qu'elle a éprouvé en
te recevant chez elle. Si tu savois
comme je suis orgueilleuse d'avoir un
amant à qui tout le monde rend des
hommages! Tu es fait pour être chéri,
adoré; or je ne suis en cela que la loi
commune. J'ai demandé à *** pourquoi ses regards se portoient toujours
sur l'aimable étranger qui était à ma
gauche; c'est que tu ressembles à un
sien frère que la faux du temps vient
de moissonner il y a dix-huit mois.
Personne ne se doute de rien, tout va
à merveille; tu conduis ta barque
avec une dextérité étonnante. J'ai ca-
ché autant qu'il était en mon pouvoir

le chagrin de la fuite de mon petit Té-
lémaque : j'ai été voir les Comédiens
ambulants ; ma cousine occupoit ta
place : je cherchois à lui parler, crai-
gnant la trop juste comparaison de la
veille ; elle n'auroit pas manqué de
remarquer que je causois beaucoup
avec toi, et qu'avec elle je gardois le
silence. Jamais on n'a été plus bête ;
je disois mille choses, plus abstraite
l'une, plus abstraite l'autre ; enfin je
croyois que ce maudit spectacle ne fi-
niroit pas. J'ai donc mis toute mon
érudition en jeu pour en cacher un
autre cher à mon cœur. J'ai acquis
de droit le nom de bavarde. Tu es content de ta Minette, n'est-ce pas ? Je
serai, je pense, porteur de l'anneau
de cheveux. Je vais donc en ton honneur et gloire faire la même route que
toi : je n'aurai pas ta peine, mais
j'aurai le plaisir de te voir librement ;
je vais dresser mes batteries pour cela.

Je ne badinerai plus sur tes pouvoirs, je te ferois faire de grandes sottises ; je les reconnois au contraire comme très étendus. Pauvre ami, bon***, que mon cœur est rempli de ton image ? Je la porte deux heures dans mon sein, je la réchauffe, il semble que tu souris à mes soins. Quand je t'embrasse, je vois la glace qui te couvre se lever doucement pour laisser à tes lèvres la liberté de recueillir les baisers dont je te couvre. C'est une consolation dans l'absence..... Tu prends un air sévère quand je te cache dans l'armoire, je t'exhorte à la patience, tu cesses alors de te plaindre, et je ne t'en adore que mille fois plus. Image chérie ! seul dieu qui me reste, je te révère, je te respecte. Ces traits sont bien ceux d'un amant délicat et sincère ; point de replis sur cette aimable physionomie ; la vérité, la tendresse, l'amour, embrassent tout ce contour :

je te dévore , je te décolore avec les larmes que la reconnaissance et la sensibilité m'arrachent..... L'œil fixe sur ce portrait, j'oublie que j'ai des entraves continuelles pour avoir en ma possession l'original ; j'oublie tout ce qui pouvoit autrefois flatter mon imagination. Ne crois pas que ce soit un délire, ce seroit douter de la durée de ma tendresse ; tu es l'ame de mon cœur, tu fais mon bonheur. Je te le répète, compte sur mon amour , comme j'espère au plaisir de me dire en tous temps comme en tous lieux, ton amie Minette.

Je n'ai pas besoin de te jurer que je t'adore, tu dois t'en convaincre d'après ton cœur. Cette idée de doute me chiffonne : rends-moi justice.

*∗∗.

~~~~~~

LIXe. LETTRE.

24.

Je t'écris deux mots aujourd'hui, mon cher amour, parce que je donne double séance. Tu devines sans doute le motif de cette promptitude à me faire dévisager. Dis donc, vous ne voulez donc pas ? Alors je ne puis vous dire que, le 29, nous partons à quatre heures du matin, que nous arrivons ce jour-là à onze heures du soir ; je ne puis encore vous dire quel bonheur je vais éprouver en vous revoyant ; je ne puis vous dire que je rentre à l'instant du bain, que vous étiez à côté de moi regardant tout, mais en général tout : j'ai passé plusieurs fois la main sur ces yeux pour les empêcher

d'être si inquiets ; ils se sont baissés
avec modestie. Oh ! mon dieu, j'ai
pensé te faire baigner avec ta Minette.
Véritablement la décence auroit été
blessée. Je suis bien décidée à ne plus
te dire : *J'aime* ; ce mot n'exprime
point assez ce que je ressens : c'est à
ton souvenir, à ton portrait, à cette
aimable copie du meilleur des humains,
que j'adresse tout ce qu'on peut imaginer. Ah ! celui-là ne m'accuse pas
avec la légèreté d'un certain ***. Comme il est injuste ! Si tu savois, il m'a
fait de la peine, il cherchoit à me que-
reller. Peut-on affliger ce qu'on aime ?
Tu diras à cet homme adoré que j'ai-
merois cent fois mieux quitter la vie,
même après des tourments cruels, que
d'oublier un instant le digne objet de
toute ma tendresse. Dis-lui que je le
chéris, que je ne trouve rien qui puisse
l'égaler. Je t'embrasse bien amoureu-

sement, en attendant la douce réalité que je me propose avec bien de la satisfaction. Je ne serai point malade, tu le sais. Comme je n'ai pas le temps de remplir mon papier, il y a sur chaque ligne dix baisers. Adieu, ma vie heureuse. Ta Minette.

*** .

~~~~~~~~~~~~~~~~~~~~~~~~~~~~~~~

LXe. LETTRE.

25.

QUE tu es aimable! oui, j'ai ta jolie lettre de ***; je l'ai reçue avec celle écrite du bain. Que je suis heureuse de t'avoir pour amant! Est-il un être plus délicat? Est-il un dieu qui s'exprime avec plus de douceur et d'affabilité? Tu demandes grace pour ton *Pilade*; crois-tu que j'oublie qu'il est

2   9

ton ami ? Il a des droits à ma reconnoissance ; aussi, loin de lui en vouloir, je le remercie de suivre l'objet
qui m'intéresse le plus au monde. Je
me plains aujourd'hui, mon cher bien
aimé, de la nature; elle n'a donné
qu'un seul langage à la sensibilité :
deux sortes de gens peuvent le rencontrer; les ames véritablement tendres
comme les nôtres, dans les choses qui
les touche personnellement, et les gens
de génie, parce que la multitude de
leurs idées les réunit à toutes celles
qu'on peut avoir, et les transporte
dans toutes les situations. Je ne puis
que te dire : Tu as changé toutes mes
jouissances en vertus, car le plaisir
que je goûte n'est qu'amour et reconnoissance : tu m'as appris qu'il est difficile de prendre son élan, quand on
n'est point amoureux ; mais il est plus
difficile encore de marcher sans avoir

un soutien dans les grands voyages
que l'amour prépare. Revenons à ta
lettre : tu m'ôtes la force de t'écrire.
Où trouverai-je un langage qui ré-
ponde au tien ? Tu as une opinion
étonnante de ton amie ; tu lui rappelles
le temps de l'âge d'or où les pasteurs
brûloient leur encens sur la première
pierre qu'ils rencontroient, et, si elle
n'étoit pas digne de leur hommage ,
elle devenoit du moins un monument
de leurs vertus et de leurs sentiments.
Tu dis : Pourquoi se transporter dans
un autre monde, quand on se trouve
si bien dans le sien ? Plains mon inca-
pacité, qui est toujours obligée de se
replier sur mes voisins. Que je suis
heureuse quand je puis trouver l'instant de t'écrire ! Voilà deux fois que
je suis contrainte de renfermer mes
idées pour converser avec des sots.
On ne peut répondre à la plus tou-

chante des lettres, sans faire le sacrifice de son amour-propre : je néglige
le plaisir de penser pour celui d'agir,
comme je délaisse la société pour l'amour, et l'art de plaire pour celui d'aimer. Tu as le talent de joindre à tes
affaires les vertus de l'amant ; tu n'écris
jamais une jolie pensée, sans qu'elle
produise un grand sentiment dans
l'ame de ton amie. La seule manière
de connoître ses pensées, c'est de les
écrire : toutes les idées qui se répètent
souvent doivent avoir une sainteté,
du moins elles doivent être si innocentes qu'on les réunisse sans effort à
tout ce que notre ame peut produire
de bon, d'honnête, de tendre, de raisonnable et de salutaire. On peut, je
crois, imposer silence au sentiment,
mais non lui marquer des bornes, surtout quand c'est le bon *** qui vous
inspire. Il est, cet ami, le réceptacle

des vertus simples et naïves. Tiens,
les ames ardentes et sensibles sont destinées par la nature à être sur la terre
pour être la récompense du génie et de
la tendresse.

Mon ami, il faut que je sois bien
malheureuse... J'avois une inclination
décidée à donner dans cette missive
une expansion à mes idées ; tout le
monde me désole, on ne cesse de monter ou descendre : si j'étois comme ces
gens qui démontrent que l'etpri est
comme le premier élément que les
chymistes ont reconnu dans la nature, et dont on peut donner l'usage
au premier coup-d'œil, je prendrois
indistinctement celle des corps les plus
utiles et les plus précieux, pour prouver à mon ange que je ne l'aime pas
comme on le fait dans le vulgaire.
Dieu puissant ! tu connois la force de
ma passion, tu sais que je suis ton
esclave soumise, que je n'ai d'autre

2   9.*

culte que le tien, que je ne brûle
point d'encens sur un autre autel ;
que mon aimable acolythe est digne
de toi et de tes soins : protège-nous,
tu n'auras point à te plaindre. Je crois,
mon divin ami, que jamais ma cousine n'eut plus d'amour ; tu es sa folie :
les soupçons sont entièrement dissi-
pés. Au revoir, chère ame : le 30 va
être un beau jour pour ta tendre et
sincère amie Minette. Amour éternel !

Tu n'écriras pas le 8. Baise encore
Minette.... Pardon si je suis diffuse ;
j'ai tant de plaisir à songer que je vais
te posséder dans mon petit château
fort, que j'en ai la tête perdue. Tu
vas être bien caressé, bien mordu,
bien pincé par-dessus tout. Monsieur,
vous me faites la guerre pour ce que
vous savez bien.... ce n'est pas généreux. Je voudrois bien avoir à te reprocher quelque chose..... Oh ! non,
tu es parfait.

Vois *** ; je viens de lui annoncer notre retour. Tu auras ta bague demain.

***.

~~~~~~

LXIᵉ. LETTRE.

<div align="right">26.</div>

Je n'ai point eu de plaisir de te lire hier, ma chère vie ; la poste, moins exacte que toi, m'empêche de voir tes caractères sacrés. Pour mon bonheur, je vais au moins m'indemniser en causant avec toi. Jamais je n'eus d'idées plus brillantes que depuis notre entrevue ; il faut traiter ainsi l'effet d'un éclair : je n'aperçois point, comme autrefois, que j'ai peine à exprimer ce que je ressens pour mon cher *** ; je suis mes idées jusqu'à ce que je sois parvenue à les décrire facilement :

si c'est une chose subtile ou commune,
l'expression, dictée pour toi, se signale
bientôt et la fait reconnoître. C'est
peut-être aux charmes de la solitude,
aux lectures, que je dois ce bonheur
que j'éprouve en écrivant, ou plutôt
à ton indulgence déterminée pour ton
amie. Quand la lecture s'adapte à nos
goûts, elle devient, après l'amour,
une des plus douces occupations de la
vie ; c'est le secret de la liberté, comme la vertu est celui du bonheur : c'est
de ce rapport que nous trouvons dans
des écrits délicieux, que nous trouvons, dis - je, la nature parfaite de
notre ame ; de cela dépend le calme
et la rapidité des heures que nous cou-
lons dans la retraite, et souvent l'éga-
lité d'humeur que nous portons sur
toutes nos manières. Sais-tu qu'il n'est
pas surprenant qu'on oublie ses propres idées, quand on n'a pas le temps
de les écrire au moment où elles se

présentent à l'esprit : une pensée que l'amour suggère n'est pas le résultat de nos connoissances, mais souvent d'un accessoire fugitif qui est venu s'y joindre ; c'est un éclair que notre mémoire, et je suis certaine qu'en fait de style, nos efforts ne pourroient vraisemblablement rien produire. Ce n'est plus la mode à présent d'avoir recours aux divinités de la fable pour embellir son style par des images ; du moins il faut user bien rarement, en amour sur-tout, de cette ressource ; il faut prendre dans les couleurs la ressemblance de la nature, pour embellir à nos yeux les objets : si une comparaison rend notre idée plus lumineuse, il faut tâcher de la changer en image. Quoi qu'il en soit, la comparaison a toujours un peu d'apprêt, mais le mot qui fait image ne se distingue pas de l'objet même. Rien n'est, dit-on, si difficile que la peinture des êtres mo-

raux. Je crois qu'on peut perfection-
ner son style à tous les âges; mais on
gagne en correction ce qu'on perd en
chaleur : il faut, pour bien écrire
comme mon bien aimé, proportion-
ner son style au ton de l'objet dont
on parle. L'amour dicte tes lettres,
l'amour doit lire tes écrits avec plaisir, puisqu'ils sont enfans de l'imagination. Il fait, ce dieu, le bonheur
des humains sous deux rapports, et
en lui-même, et en les contraignant à
faire les seules choses qui conviennent
réellement.

Douce contrainte, combien je cours
au devant de toi ! Tu découvres à mon
esprit des secrets immuables ; je respecte tes lois, je les chéris au-delà de
l'expression. Le bonheur, en aimant,
consiste en partie à diriger sa vie selon
les goûts de l'objet de son affection,
n'est-il pas vrai, cher ami ? Je vois
bien, à présent, que dans toutes les

choses de la vie il faut une route déterminée ; tout sentier, qui n'est pas
marqué par un choix ferme et invariable, nous mène à un précipice ; cela
est vrai en morale, en goût, plus encore
en amour. Si l'on ne veilloit avec soin
sur tous les mouvements de son ame,
les souffrances en changeroient la nature. Tout est passager, mon cher ***,
sur la terre ; à peine, dans notre foiblesse, pouvons-nous déterminer les
temps ; le passé et l'avenir nous semblent quelquefois le présent même ; le
sentiment, et sur-tout celui qui pro-
vient d'un amour pur, ne peut être
jamais passé. Vois donc que de philosophie ! j'en suis émerveillée. Tu excuses ces longues dissertations. Ménage
ma tête. Je suis en cela comme ces
personnes qui, lorsqu'elles sont à la
source de certaines idées premières,
se gardent bien de se désaltérer plus
bas. J'écris, mais je n'approfondis pas ;
j'aurois mauvaise grace.

Je finis enfin, sans pour cela cesser
de t'adorer. Si j'avois eu plus de temps,
je n'aurois point fait partir cette lettre;
elle est écrite à faire peur. Tu sais,
mon bien suprême, que je ne suis point
libre ; voilà ce qui me fait souvent ha-
sarder de t'envoyer ce qui n'est pas
toujours digne de toi. Les pinceaux les
plus délicats furent inventés pour mon
amant ; mais celle qui s'en sert n'a pas
l'heureux talent de les mener comme
ils doivent être conduits. Adieu, mon
tout. On vit dans la ferme persuasion
que tu aimes ***. Cela est charmant !
Dans trois jours je vais revoir ce que
j'adore ; j'en suis folle.... Ta tendre
Minette pour la vie. Les boutiques se
ferment les dimanches ; tu n'auras ta
bague que demain.

J'ai votre lettre en date du 24: je ne
suis point folle ; mais vous êtes mal-
honnête. Je n'ai pas celle d'hier. Je
boude votre copie.

***.

~~~~~~~~~~~~~~~~~~~~~~~~~~~~~~~~~~~~~~

LXIIe. LETTRE.

27.

La charmante lettre que tu m'as écrite! elle ma fait un plaisir inexprimable. C'est parce qu'elle a été écrite à la hâte qu'elle augmente mon intérêt. J'admire ces moments de douceurs, d'amitié, de sensibilité; je crois, quand je te lis, être transportée dans la demeure des anges. Sois, mon ami, toujours le même; que mon ame puisse se reposer sur la tienne; qu'au milieu de cette tristesse involontaire, attachée à des contrariétés de tout genre, au milieu de cette secrète anxiété que nos réflexions et l'absence font naître, je puisse m'assurer au moins que j'ai, sur cette terre si mobile, un asyle invariable

au fond de ton cœur. Nous sommes unis
par tous les rapports les plus honnê-
tes ; jamais rien de désagréable ne viendra ternir nos sentiments. Tu as eu hier
une petite réprimande sur le mot *folle :*
si ma tête exagère les fautes de mon
amant , si je le boude tant soit peu ,
mon cœur se déchire quand je l'ai trop
grondé. Je t'aime avec franchise ; or
je ne puis conserver rancune long-
temps ; je t'admire , je te chéris , je
me réunis à toi du fond du cœur , ne
pouvant mieux faire. Je vois avec une
secrète indifférence les choses mêmes
auxquelles je parois sacrifier ma vie. Je
pense pour toi avec mon amour intérieur , et pour les êtres que je ne remarque que foiblement , avec cette enveloppe extérieure et factice , composée
de quelques maximes reçues et de quelques devoirs de convention. Depuis
ton départ , il semble qu'on se réunit
absolument pour me déranger , quand

j'ai la plume qui favorise mon amour, et me facilite la douceur de m'entretenir avec mon meilleur ami. Je crois souvent que je rêve agréablement ; je te vois , je te porte sur mon sein ; je veux parler à cette image chérie, la parole expire sur mes lèvres. C'est ainsi que je suis éloignée de toi. Quand je prends ma plume , mon amour est désolé ; on la fait tomber de mes mains ; et on me fait quitter l'air doux que j'ai, en te peignant ma tendresse, pour prendre un visage composé : mais enfin on trouve encore de bons moments ; en voici un puisque je t'écris ; j'en aurai d'autres et des plus beaux sans doute! Le temps arrive , nous allons jouir du plaisir de nous embrasser. Oh ! je compte sur toi pour me retenir dans tes bras ; je ne ferai point d'efforts pour m'en arracher, ne le crains pas !.... Je serois moins heureuse, si tu n'étois indulgent : je t'aime, chère ame! Dans

quelques dispostions que tu soit pour
ton amante , elle aura toujours besoin
de toi pour croire à la félicité suprême ; tes soins, ta douceur la rassurent
pour les temps futurs ; elle se repose
sur ta délicatesse , comme tu peux
croire que jamais elle ne peut dévier
des nobles sentiments que tu lui inspire. Non , jamais je ne puis trop élever mes comparaisons : de telles façons
que je puisse m'y prendre, je ne pourrai atteindre jusqu'à tes vertus. Ce sentiment impérieux me rendra immor-
telle; je préfère ta divine société à tous
les vains plaisirs qu'on peut procurer à
ma jeunesse un peu délirante ; mon
cœur revient à toi et s'élance avec tout
l'empressement de la tendre amitié. Je
suis de plus en plus pénétrée d'amour
et de reconnoissance. Si le hasard me
faisoit commettre une faute vis-à-vis
de toi , fais pour moi ce que fit Tobie,
quand il fut chargé , dit-on , d'écrire

sur le livre des destinées la première
faute de son pupille, il laissa tomber
une larme involontaire, et la phrase
fut effacée. Je t'engage, mon cher bien
aimé, à en faire autant. Ne conserve
dans ton cœur d'autres sentiments pour
moi que celui que je t'inspirai la première fois que j'ai eu le plaisir de te
fixer.

Tu vas me trouver bien prolixe; tu
ne sais donc pas que je suis persuadée
que tu penses avec moi que, lorsqu'on
aime bien, (ce dont je me flatte) on
a du goût pour soi et de la passion
pour son ami? l'amour-propre ne se
fait jamais ressentir dans cette liaison
intime. Or, j'écris, parce que j'aime ;
mais il n'est pas dit pour cela que je
fasse bien. J'en réfère a toi.

Adieu, mon trésor : c'est toujours
le 29 que nous partons; j'en saute jusqu'au plafond. Tu vas me payer ce que
tu m'as fait comme ce que tu n'as pas

fait.... Je vous baise bien amoureuse-
ment. Que n'est-ce réellement ! Cela
viendra, ***. Je t'envoie enfin cette
bague tant désirée : qu'elle te rappelle
ton amie ; voilà tout ce que je te demande : évite de la porter pendant
notre voyage, ou bien dis que ce sont
des cheveux de ta fille. Sois prudent ;
songe que c'est de là que doit dépendre
une grande partie de notre bonheur.
Je te serre contre mon cœur ; tu le
sais, il est à toi pour la vie. Ta sincère
Minette.

***.

P. S. Ta cousine est charmante ;
elle me fait rire ; elle est...... dans ses
discours...... Ne va pas me compro-
mettre ; cette lettre me fait trembler !

J'ai, vilain polisson, votre lettre du
25 ; elle est supérieurement dictée.....
Puisque vous le demandez, *** viendra : pour que la cousine ne gronde

pas, je me chargerai de la dépense.
Quand un homme est fou, il est fou
partout. N'allez pas croire que vous
aurez le loisir de l'être à votre aise;
d'ailleurs, pourriez-vous y suffire?....
Vous savez que la cousine est votre
amie intime; je vous conseille de lui
faire un enfant. Ah! j'ai plus d'esprit
depuis que j'ai eu l'honneur de vous
voir; c'est fort heureux pour ma répu-
tation..... Je vous embrasse par écrit
pour l'avant-dernière fois. *** vous
salue respectueusement. Je ne vous
aime plus. Adieu. Mille choses agréables de ma part à votre amie.

~~~~~~~~~~~~~~~~~~~~~~~~~~~~~~~

LXIIIe. LETTRE.

28.

Suis-je assez étourdie? La pauvre bague! elle étoit à mon doigt, et je disois la voilà.... Pardonne, cher ***, à cette inadvertance : je suis certaine que tu es d'une inquiétude mortelle ; voilà ma faute réparée.... Ne parlons plus que du bonheur de se revoir. Il est arrivé cet instant précieux! Après demain je te verrai, je t'embrasserai, tu me parleras mille fois de ton amour! Voici le projet : nous arrivons le 29 soir ; nous restons tous deux à *** deux jours ; nous prenons la route de la campagne avec ***, le 2 du mois prochain, pour ne pas manquer le 3, qui est le jour de la foire. Ma cousine

espère que *** et la mère *** viendront
en même temps que nous : de plus on
se repose sur ton amitié pour venir
nous y joindre. Voici en substance les
vues de ta cousine ; tu pourrois peut-
être arranger les choses d'une autre
manière : *** a reçu un avertissement
depuis trois jours ; il faudroit que
tu l'engageasses à venir décadi matin déjeûner avec nous ; cela feroit
un effet merveilleux. Elle m'engage à
la suivre chez elle ; je me fais une
douce violence, et me voilà libre pour
toute la journée.... Je cause de toutes
ces choses en femme qui croit qu'il
n'y a qu'à désirer. Hélas ! si j'avois
cette aimable liberté, j'en profiterois
de bien bon cœur. J'en reviens aux
louanges que tu donnes à mon style ;
tu ne dois pas être étonné de mon éloquence ; celui qui m'inspire est si tou-
chant, si tendre, si délicat, si aimable,
que l'esprit le plus borné trouveroit

des moyens lorsqu'il s'agiroit de le vanter, ou de lui rendre la justice qui lui est due. Il n'y a pas de flagorneries dans tout ce que j'avance, c'est mon cœur qui conduit ma plume. Puis-je avoir un meilleur guide? Je sais qu'il faut éviter avec soin tous les mots exagérés, quand je veux faire impression sur mon ami, lui dont le goût est raisonnable et exercé, lui qui est pénétré que le sentiment a une mesure, quand il est vrai, et ne se jette dans l'infini que lorsqu'il est factice ou trop foible pour qu'on ose le peindre. Je ne tombe point dans ce dernier cas, je t'en réponds; j'aurois bien du chemin à faire pour t'en apprendre, je me réserve à moi seule mon petit talent : ce n'est pour d'autres que pour mon amant que je confie au papier mes mille et un rêves ; ma manière de dire n'est point une manière, c'est une chose, un être qui exprime des idées

communes d'une manière nouvelle ;
et a découvert dans un objet ce que les
autres n'y avoient point vu ; ce sont ,
je crois , les conquêtes de l'attention.
Tout peut être un objet de réflexion
et d'idée pour quelqu'un qui sait fixer
sa pensée : tout ce qu'on voit, tout ce
qui se passe devant nous , peut donner
matière à l'imagination. L'attention
diffère de la méditation. L'attention
est souvent passive, et la méditation
est active ; l'une attend chez soi, comme
la Fortune de la Fontaine ; l'autre, en
suivant la même idée va la chercher
au-dehors. On n'apprend rien que par
soi-même ; tout ce qu'on nous dit est
inutile, si nous ne nous y joignons
pas. Qu'en penses-tu ? Je puis errer ,
mais la raison pour cela ne doit pas
m'abandonner......

On vient de m'interrompre ; je suis
toute interdite. Pourquoi rougir d'aimer ? J'ai donné vingt fois audience à

ma conscience, jamais elle ne m'a reproché mon inclination pour le plus charmant mortel qui existe sur la terre. J'ai craint souvent cet examen ; je ne me ressouvenois pas que cette conscience tient à moi, que ma pensée, mon amour, enfin tout la dirige. Je cesse de m'étendre sur des sujets qui sont souvent hors de ma portée ; je rentre dans ma sphère, et je dis avec d'Alembert, que la sensibilité est la qualité de l'esprit et de l'ame ; qu'elle va chercher dans les objets les plus simples tout ce qui peut nous émouvoir. Je ne doute point de cette vérité authentique ; je m'en aperçois à chaque minute du jour... Lis-tu toujours ta Nouvelle Héloïse ? Tu sais que c'est le triomphe de l'éloquence, mais de ce genre qui tient à l'harmonie, à la richesse des expressions et à la beauté du coloris. Rousseau est le premier qui nous ait bien persuadé que la langue

françoise peut avoir un charme séduc-
teur indépendant de la justesse des idées
et de la vérité des sentiments : chez cet
aimable auteur la langue est une magi-
cienne qui dénature et embellit tout.
Je ne sais si tu remarques que cet ouvrage est un édifice de vertu établi sur
les fondements du vice. Me voilà juge,
cela ne me va pas mal : ris de ma folie !
Un extrait de femme qui parle, et contre qui ? contre un Rousseau : c'est le
pot de fer et celui de terre. C'est votre
faute ; vous me permettez de tout écrire,
sans pour cela corriger mes défauts. Tu
as véritablement tort ; je suis aise quand
on cherche à redresser les miens. Monsieur, c'est le plaisir de vous voir qui
fait que je donne essor à ma mauvaise
tête. Ta cousine a reçu ta lettre avec un
transport risible : *** et *** étoient à la
maison dans ce moment ; tu aurois
véritablement été content. Tu es trop
aimé, mauvais sujet ! J'ai souvent re-

marqué qu'on à la manie de gâter les
personnes qu'on aime , soit dans la
société, soit ailleurs ; mais il faut s'en
garantir, quand elles ne ressemblent
pas à *** : il a une ame franche, d'une
sensibilité rare et exquise, que la confiance et la reconnoissance attachent et
perfectionnent. L'aimant n'attire pas
plus sûrement le fer que ton amour et
ta tendresse ne m'attachent à toi.

Adieu donc , ma chère ame. Nous
pouvons être mis tous deux au rang
de celles qu'on dit être si sensibles ,
qu'il faut s'occuper de faire le sort de
tous leurs instants ; un seul peut les
rendre malheureuses. Le moyen seroit
de nous oublier. Je parle de l'impossible. Au revoir.... J'ai deux jolies
romances ; tu les sauras.

*** ,

~~~~~~

LXIVe. LETTRE.

1er. Messid.

Sortir des bras d'un amant adoré ; dont on chérit la plus petite larme, pour entrer dans une maison où l'œil de la méfiance tient sa cour, l'air inquiet, la tête montée, l'esprit mal fait, l'humeur acariâtre ; voilà, mon cher bien aimé, ce que j'éprouvai hier. Que la comparaison est facile à faire ! Je reviens à l'acte de sensibilité de mon ami : tu versois des larmes, ma chère ame ; tu semblois douter de la durée de mon amour... Connois mieux celle qui t'adore ; jouis plus tranquillement de tous les sentiments qu'elle t'inspire : vis heureux par et pour moi ; crois que je t'aime plus qu'on ne peut aimer.... Ta vie

m'est chère ; la mienne est à toi : tout
enfin ne peut me plaire, que lorsqu'il
y a quelques rapports avec mon cher,
mon bon ***. Tu me vois souvent ab-
sorbée dans une sombre mélancolie :
mon bon ami, si tu savois que je suis
jalouse des heures qui se passent si
vîte près de toi ! je voudrois qu'on
pût les entraver dans leur course ; je
leur souhaite toutes sortes de malé-
dictions. En pensant ainsi des noir-
ceurs contre ces fugitives, je prends
alors le ton des traits qui est convé-
nable à mes murmures intérieurs ;
mais jamais une idée fantasque n'est
venue troubler un instant le repos de
mon cœur par rapport à toi. Oh! non,
je t'aime avec force ; de douces conti-
nuités de sentiments doivent pour toujours fortifier mon ame contre tous les
assauts que les devoirs me préparent.
Ce n'est point, quand on est pénétrée
comme je le suis, qu'on redoute de

suivre la carrière des amours ; je serai
en tout temps le zélé partisan de ses
autels ; j'y brûlerai cet encens délicieux qui nous donne une nouvelle
existence ; je serai fervente, tu peux
en être certain : et d'ailleurs pourquoi
penserois-je ainsi, si je n'étois forte
de ma conscience, si je n'étois persuadée de tout ce que j'avance ? aucune
raison ne peut m'engager à parler,
si je ne sentois pas. Si j'avois été
comme mille autres femmes, je n'aurois point été à la conquête de ton
cœur ; l'être délicat, de telle façon
qu'il se déguise, laisse dans toutes
ses actions percer cet esprit qui sub-
jugue au premier abord. J'aurois été
libre de porter mon choix sur un autre ; mais les rapports de nos ames,
cette conformité de sensibilité, cette
vertu, si j'ose le dire, tout sembloit
nous entraîner l'un à l'autre. Vivons
dans cette aimable intimité ; n'écou-

11 *

tons pas la voix de l'envie. Tu veux
bien me trouver intéressante ; je ferai
tout pour te plaire, tu peux en être
certain. Il faut à la vérité beaucoup
de sûreté de soi-même pour être assuré de plaire comme je le dis ; il faut,
pour que cela soit, joindre les grâces
de la figure, l'attrait de l'esprit. Sans
les charmes des manières, comment
espérer de fixer à jamais un homme
qui réunit toutes les qualités ? Je me
repose sur l'amour ; il est avec moi
dans une sécurité qui ne tient point à
l'apathie. Je ne l'amuse point par des
jouissances sans bornes, mais je me
prête avec plaisir à ses plaisanteries et
ses agaceries. Il me souvient d'un moment hier où je fus obligée d'accéder
à une demande.... Ah ! le fripon, qu'il
sait bien persuader ! Tu le connois ;
tu le connoîtras toujours, tu le promis à ta petite Minette....

On dit que tu es aimable, qu'on veut

absolument te voir plus souvent ; profite de la bonne volonté de cette folle
de cousine : elle est fâchée d'avoir
montré son front sourcilleux , et elle
m'a juré qu'elle seroit dorénavant plus
aimable. Je ne veux pas dire que je la
déteste, quand elle est dans ses hu-
meurs, mais je la porte sur mes épaules. Il n'y a que toi d'aimable; tous les
autres hommes ont des défauts : la
seule chose que je puisse te reprocher,
c'est de te faire trop aimer, tandis
qu'on n'a pas le bonheur de te voir
assez souvent , et alors de te le prouver... Pardon de mon style entrecoupé,
c'est que je suis sur les épines d'en-
tendre une dame de mes amies qui
gémit sur une fausse-couche qui se
prépare ; elle m'arrache le cœur par
ses cris... Je monte d'un instant à
l'autre ; voilà quatre fois que je quitte
cette lettre ; je ne puis quitter ma
malheureuse amie ; il y auroit de la

cruauté, tu m'en voudrois, n'est-ce pas? A ce soir; viens chez madame ***. Ta belle cousine n'est pas certaine d'y venir. Mille baisers qui t'arrivent de ma part. Adieu. Je dîne chez la maman.

***

LXVe. LETTRE.

15.

ENCORE des chagrins, encore de nouveaux pleurs, encore des soucis, encore absente, encore triste; mais aussi encore amante fidèle, encore tendre, encore la plus sensible des maitresses.... Tu n'as pas quitté les bords de cette rive enchantée; la Seine si joliment représentée aux ***, sembloit disputer avec Neptune le plai-

sir de te conduire sur ses flots; les
lames argentées que les zéphyrs en
foule occasionnoient pour célébrer ton
amour, me représentoient les diffé-
rents mouvements de ta belle ame.
Ton amie a bien souffert de n'avoir
pas eu le bonheur de te rencontrer.
Monsieur *** doit t'avoir rendu un
compte exact des traits démontés de ta
Minette : le sourire étoit sur mes
lèvres, j'avois les larmes aux yeux.
Quel contraste ! J'ai fait le tour du
pont *** dans l'intention de te voir :
cet espoir me faisoit oublier que j'étois
seule, je suis donc retournée chez
moi, l'ame navrée de douleurs : j'a-
vois été contrainte, pour avoir la liberté de remplir un engagement bien
doux, de dire à *** que je comptois te
trouver dans une maison, mais je me
gardai bien de nommer les masques.
je prétextai ma chaîne de *** que tu
avois à me remettre.... Elle aime ; or

elle n'est plus curieuse... Je viens d'arriver à dix heures : j'espérois trouver une lettre et ma bague. Voilà une journée difficile à passer.

Je te quitte pour prendre un peu de repos. En est-il quand on est loin de tout ce qu'on a de plus cher au monde? Ne me laisse pas languir pour me renvoyer ce que tu as à moi : ma bonté me prive de ce que je pouvois nommer mon heureuse ressource. Je n'ai plus que quelques cheveux, ils semblent respirer sous le verre qui les contient, pour me les faire regarder plus souvent. Je n'ai besoin d'aucun stimulant pour t'adorer, tu dois en être bien et duement convaincu. Je te serre contre mon cœur. Demain, j'écrirai avec plus de courage qu'aujourd'hui.

A propos, je vais ici faire un acte de hardiesse dont à peine je reviens ; sois assuré qu'il faut que je m'arme de courage pour te faire cette demande :

ma tête étoit si troublée le jour de mon départ, que j'oubliai net un achat dont te voilà responsable ; c'est trois paires de manches courtes en batiste : je desirerois que les broderies ne se ressemblent en rien , d'ailleurs j'en réfère à ton goût. Tu les enverrois par la poste , sous enveloppe. Je te demande pardon de te déranger pour des ajustements de femme : c'est une coquetterie de ma part ; voulant toujours te plaire, il faut que je ne choisisse que ce qui te fait plaisir.

L'heure du courrier me presse. Tu es un méchant de n'avoir pas fait mettre ta lettre de meilleure heure : c'est la pauvre Minette qui doit en pâtir. Adieu, ma vie , adieu.

★***.

~~~~~~

LXVIe. LETTRE.

DE ***.

15, matin.

Tu ne peux te faire une peinture
fidèle, ma trop bonne et sensible
amie, de la peine cruelle que j'ai res-
sentie en apprenant que tu t'étais rendue chez ***. J'ai su que tu m'y avois
attendu avec cette impatience que l'a-
mour seul peut produire. Je suis le
plus malheureux des hommes, ma
tendre Minette, parce que je trouve
que je suis le plus coupable : j'étois
sorti de chez moi hier matin, avec la
volonté bien prononcée de me rendre
à tout hasard sur le ***, quoique tu
m'eusses fait entrevoir, le 3 soir, aux
***, qu'il y avoit presque une impos-
sibilité bien grande à donner une troi-

sième séance. Je ne sais par quelle fatalité j'ai été entraîné à mon travail ordinaire ; une fois arrivé là , je voulois sortir à chaque instant ; l'heure s'est écoulée, j'ai entendu sonner deux heures, et la foule des gens à affaires est venue m'assiéger au point que je n'ai été libre qu'à quatre heures. J'ai bien vîte envoyé chez le *** pour savoir si tu avois paru , et voici sa réponse ci-incluse. — Tu jugeras facilement, ma chère ame, de mon désespoir en la recevant ; j'ai été toute la journée d'une tristesse bien naturelle ; je t'ai laissé partir avec l'opinion affreuse que j'ai pu t'oublier un moment ; tu as pu penser que je mettois peu de prix à te revoir un jour de séparation ? Que sais-je enfin, si un soupçon d'indifférence (injurieux pour ton amant néanmoins) n'est pas venu mettre le comble à mon malheur ! Reviens, ma compagne adorée, de ces idées funestes ;

2   12

ton ami est assez puni de ne t'avoir
pas vue ; son tourment est au fond du
cœur, c'est le regret le plus sincère
qui le dévore, et qui ne le quittera, que
lorsque tu auras pardonné. Je connois
toute l'énormité de ma faute ; je n'ai
pu te remettre une malheureuse bague, elle n'étoit pas prête : je te l'envoie ci-incluse. Ce qui remplit mes
yeux de larmes, c'est la conviction
où je suis que tu auras éprouvé une
remontrance terrible de la part de ta
cousine. J'aurois donc affligé double-
ment mon amie ! Je mérite, ma chère
bien aimée, de subir la peine du talion : ordonne, que veux-tu que je
fasse pour expier ma faute ? Je te jure
de m'imposer avec une religieuse fidélité celle que tu auras choisie. Dans la
situation douloureuse où je me suis
trouvé, j'ai écrit à la bonne Henri
pour avoir de tes nouvelles ; son mot
ci-joint a été un nouveau coup de poi-

gnard pour moi ; il étoit dit que j'é-
prouverois la torture la plus cruelle
toute la journée. A voir mes traits
altérés, on auroit dit que j'avois commis une action criminelle ; on s'en est
aperçu chez moi, parce que je ne puis
pas plus feindre la douleur que la joie ;
j'ai prétexté un mal-aise, mais je crois
que l'on n'a point été la dupe de ce
motif, auquel cependant ma figure
donnoit un air frappant de vérité.
Qu'auras-tu pensé de moi, mon adorable amie, pendant toute la route ?
Je vois la tristesse imprimée sur ta
figure, ton cœur m'accuse. Tu t'es
peut-être repentie de m'avoir comblé
de tes bienfaits ? Tu te reproches peut-
être les larmes que tu as versées ? et
pour achever le supplice de ton amant,
il pense que le mot ingrat a pu venir
se placer sur tes lèvres : cette dernière idée (si tu l'a eue) peut être
comparée au supplice de couler l'huile

bouillante dans les veines d'un con-
damné. Non , le repentir qui assiége
mon ame , dans le moment où je tiens
la plume , est celui qui appartient à
l'extrême sensibilité. Non , tu ne
peux croire que celui que tu as choisi
pour recueillir toutes tes affections,
soit capable de méconnoître une seconde la passion la plus pure ; rends
plus de justice à ton ami , à celui qui
donneroit de bon cœur sa vie pour te
savoir ou te rendre parfaitement heureuse ; et sur-tout raye du dictionnaire des amants le mot ingratitude ;
accable ton ami de reproches, il les mérite ; mais ne lui parle jamais d'indifférence , car il mourroit de douleur.

J'ai supplié aujourd'hui ta bonne ***
de t'écrire en ma faveur ; les prières
d'une sœur auront quelques droits sur
la tendresse de l'autre : il a bien fallu
lui faire une petite explication sur mon
ignorance, à laquelle elle n'entend rien;

je lui ai donné à cet égard quelques
détails par écrit, sans cependant lui
rien dire de l'endroit où j'aurois pu te
rencontrer ; ainsi point d'inquiétude
à ce sujet. Tu ne m'en voudras pas
pour cela. J'ai dit à ta sœur que j'avi-
serois au moyen de te faire rendre sa
lettre par une voie sûre, et qu'elle
voulût bien me la remettre ; tu la re-
cevras dans deux jours, c'est-à-dire le
18 : donne-moi des détails sur la scène
du souvenir et sur sa similitude avec
un autre. Je tremble d'apprendre quelque nouvelle violence.

Je pars à l'instant pour aller con-
templer tes traits chéris, et demander
à deux genoux, à ta copie, la grâce
que je sollicite avec tant de ferveur
de l'original. Adieu, tendre et sincère
amie ; songe que jusqu'au moment où
je recevrai ta lettre contenant la ré-
mission de ma faute, je respirerai dif-
ficilement. Si tu m'aimes, rends-moi

I   12*

bien vîte, avec l'assurance de la continuation de ton amour, une vie qui
t'est entièrement consacrée., Je crains,
mon tendre amour, que ma lettre ne
t'exprime pas, dans des termes assez
forts, la vivacité de mes regrets; mais
il semble que la gravité de ma faute
m'ait ôté la force de peindre comme
je sens.

Puis-je me permettre de poser sur
ta bouche un baiser de feu? Le recevra-
t-on? Adieu, je ne cesserai de t'adorer,
malgré ton trop juste ressentiment.
Conserve cette lettre comme un monument de mon repentir : trouve un
moyen de me les faire repasser toutes,
je t'en supplie. Songe au petit recueil
dont je t'ai parlé. Tu auras ta chaîne
incessamment ; indique-moi un moyen
de te la faire parvenir.

***.

LXVIIe. LETTRE.

DE ***.

16.

QUE je suis impatient, ma tendre
amie, de recevoir de tes nouvelles !
Je frissonne quand je pense au tourment que je t'ai fait éprouver le jour
de ton départ ; le bon *** m'a entre-
tenu hier, pendant une grande heure,
de l'état d'agitation dans lequel tu te
trouvois ; tu regardois à chaque instant
à la fenêtre, et chaque voiture qui
prenoit la direction que tu souhaitois
faisoit battre ton cœur : crois-tu, ma
chère amie, ma bien aimée, à la sin-
cerité de mes regrets ? Crois-tu que je
sois (comme je te l'ai annoncé dans
ma lettre d'hier) profodément pénétré de tout le chagrin que je t'ai causé ?

non , tu ne peux te rendre l'état de foiblesse dans lequel je me trouve ; à chaque minute je sens mes larmes prêtes à couler ; la prudence veut que je les retienne, et alors je souffre bien cruellement , puisqu'il ne m'est pas permis de me procurer le seul soulagement réservé aux malheureux. Je tremble de recevoir ta lettre; elle sera remplie de reproches, je m'y attends ; cependant la générosité de ton ame qui m'est bien connue, le danger passé, et par-dessus tout cela le desir de ne pas aggraver l'état actuel de ton ami (car tu sauras que je suis malade depuis deux jours), toutes ces petites considérations réunies t'auront peut-être déterminée à adoucir un écrit dont j'ai bien mérité toute la sévérité: toute ma crainte , ma bonne Minette, est que tu aies pu t'arrêter à un soupçon d'indifférence de ma part ; je puis tout supporter de toi , hors cette idée affreuse. Quoi! tu pourrois oublier une foule de preuves du plus sincère amour? Toutes les actions de ma vie, qui a commencé lorsque j'eus le bonheur de te connoître, ne seroient pas pour toi le plus sûr garant de ma tendresse? Non, tu ne pourras t'arrêter à cette idée, j'en jure par toi, ce que j'ai de plus cher sur la terre: ordonne tout ce que tu voudras pour l'expiation de ma faute, je te suis entièrement dévoué.

Que j'appréhende de lire les détails que tu vas me donner sur la cousine, la bague et le souvenir! Quel état insupportable que celui de l'anxiété! Il me sera permis au moins de mêler mes pleurs aux tiens; mais ce que je ne pourrai endurer, ce sont les menaces qui t'auront été faites, et les mauvais traitements qui en sont ordinairement la suite. Ame de ma vie! si la pureté de ma flamme, si ce sentiment délicat que je ressens toujours avec plus de force pour toi , si cette émotion que me communique un seul de tes regards , peuvent te dédommager un peu des peines que tu as éprouvées , tu dois puiser un nouveau courage dans tous ces sentiments généreux ; jamais âme mieux que la mienne ne fut plus susceptible de les renfermer.

J'ai été voir ton aimable copie ; j'ai été frappé de la vérité : sans la présence du *** je me serois prosterné devant toi pour te supplier de me pardonner : ton regard sembloit m'annoncer que je n'avois pas encore épuisé toutes tes bontés ; si je dois encore en user, que ce soit pour l'oubli éternel de ma faute. Ecris bien vîte, mon ange, car je n'existe réellement pas depuis ton départ.

Tu seras belle sous les traits de l'art comme sous ceux de la nature : mais pourquoi ne peut-on pas peindre l'ame?

c'est que la tienne est trop chargée d'ornements ; elle est déja trop riche pour qu'il soit besoin de lui prêter un nouvel éclat par le moyen de l'art....

Adieu, mon ange consolateur : te dire que je t'adore, c'est ne t'apprendre rien de nouveau ; je t'aime plus que le jour qui m'éclaire. Je suis réellement malade depuis deux jours, mais je ne garde pas cependant la chambre. J'attends ta lettre pour soigner une vie qui n'auroit plus de prix à mes yeux, si tu cessois un instant de m'aimer. Adieu encore une fois ; accuse-moi réception de ta bague. Je vais voir la bonne *** ce soir, je t'adresserai sa lettre demain. M'aimes-tu encore un peu ?

P. S. Je rouvre ma lettre pour te dire que je reçois la tienne du 5 ; je vais la lire bien soigneusement : tout ce que j'en ai déjà lu me rend à la vie.

au bonheur. Je vois que je t'avois mal
jugée. Adieu, à demain.

***.

LXVIIIe. LETTRE.

Du bain, 17.

JE n'ai que ce moyen d'écrire, mon
ami, et j'en profite. J'ai ta lettre devant les yeux : tu crois sûrement que
je ne t'aime pas autant que je le fais
pour me demander des excuses. Toi,
celui pour qui je respire vient implorer
ma bienveillance, il vient, avec un
esprit d'humilité, accuser des torts
qu'il n'a pas!... Connois mieux ton
amie, elle ne se plaît point à s'indis-
poser contre l'objet de son affection ;
il n'est coupable à ses yeux que parce
qu'il est trop aimable, et que la pri-

vation qu'elle éprouve loin de lui la fait se plaindre trop souvent. Jamais le mot *ingrat* n'est venu à mon imagination ; non, il est loin de ma mémoire, et tu n'es pas capable, par ta conduite ni par tes actions, de le raviver chez moi. Homme digne d'être adoré, ne prends pas comme un acte de générosité de ma part de ne pas t'en vouloir, je t'aime avec une ardeur sincère ; ton nom seul me fait tressaillir, tes charmantes folies me font rire comme si je les voyois encore sous mes yeux ; tes soupirs!.... oh, je les entends ! ils frappent doucement mon oreille; tes baisers!...mes lèvres en sont encore humides. Tout se retrace à mon esprit ; pas un trait ne peut m'échapper; tu es en mon cœur, tu y habites exclusivement. Peux-tu alors être coupable? Ame de ma vie, reprends ta gaieté si naturelle au délicieux caractère que les dieux et la nature se plu-

2   13

rent à te donner, rends à *** et à ***
la sérénité qu'ils empruntèrent de ta
tranquillitè ; que ton amie puisse au
moins te dire : Je contribue à faire des
heureux.... Sais-tu que je suis responsable de la douce harmonie qui doit
régner chez toi ? Sais-tu que je mourrois de chagrin, si je croyois que quelqu'un souffrit un instant par des circonstances que j'aurois pu faire naître ?..... Changeons de langage : le
souvenir n'a point eu de suite ;
c'est parce que ma réponse triviale a
fait merveille. Il y a plus d'une ruse
qui se ressemblent : d'ailleurs la séparation subite du soir aux *** a fait
croire que je ne tenois à personne de
la société, *** t'aura instruit de mon
anxiété chez lui : enfin tout cela est
passé, n'y pensons plus. Tu es un tant
soit peu imprudent d'avoir dit que tu
avois des moyens de me faire parvenir
tes missives ; tu peux être comparé au

papillon qui se brûle à la lumière. Je
serois enchantée que la chère *** con-
servât en son ame la moitié de ces sentiments pour ***. Il est dangereux,
quand on aime, de se confier ; tous
les cœurs ne sont pas faits pour l'a-
mour, ou bien la plupart ont été si
maltraités qu'ils évitent avec raison
d'en parler, et conseillent toujours de
ne pas s'y fier, lors même qu'on ne
peut plus se dégager. Parle à cette malheureuse, fais-lui de ma part des ami-
tiés, encourage-la à mettre à de douces
épreuves le patient, recommande-lui
de ne pas se moquer de l'Amour, il
tiendrait rancune long-temps ; fais-lui
bien remarquer qu'un homme qui sait
qu'on l'aime, qui le voit dans toutes
les actions de son amie, prend souvent
pour la feinte les vertus dont elle est
parée. Il faut savoir découvrir à un
amant le fond de son cœur ; à moins
qu'il ne soit scélérat, il vous rendra

le réciproque : les aveux de deux cœurs purs sont un préservatif contre tous les propos et les faux conseils. Que notre *** ne soit pas aussi sur la défensive avec ***, il n'a pas la permission d'exhaler un soupir sans que trente personnes qui entourent la belle victime n'en prennent une provision : dis-lui que je t'ai écrit à ce sujet, que je l'aime en bonne sœur, et que je souffre de la voir sous la tyrannie de l'amitié. Si j'avois eu la foiblesse d'écouter ma conscience, puis des amies, il y a cinq mois que je ne serois pas aujourd'hui l'admirateur de tes qualités ; tu serois peut-être malheureux, car souvent un homme, pour se venger des rigueurs d'un sexe volage, va se précipiter dans les bras d'une femme... Je ne prononce pas, mais au fait tu ne serois point adoré comme tu l'es.... Ta cousine parle toujours avec respect de toi : quand tu lui écriras, prie-la d'intercéder pour toi auprès de ***, ce sera une charge excellente. Je te renvoie ta lettre, ne t'alarme jamais, compte sur mon inviolable amour, persuade-toi que je ne veux point trouver mon amant coupable dans aucune occasion de la vie : je le répète ; je l'honore, et je n'en dis pas autant qu'il m'en inspire.....

Adieu, ma toute bonne existence : pense à ta Minette, chéris la comme elle t'adore, baise son image, songe que je suis flattée, que je serois fâchée que tu te pénétrasses un peu trop de ce portrait, l'original perdroit infiniment. Je te quitte malgré moi. Amour et constance éternelle de la part de Minette.

J'ai la bague ; j'y donne mille baisers.

***

13*

~~~~~~

LXIXᵉ. LETTRE.

16.

VOILA donc ton amie rendue à sa charmante occupation , que les ames froides ne peuvent apprécier ! Parle , ma chère ame, l'absence de ta Minette ne peut donc pas te la faire oublier ? Tu seras toujours son plus zélé partisan ? Tu auras la bonté de la regarder comme la plus tendre des amies? Elle est jalouse de se conserver ce titre charmant auprès du plus aimable des humains : je t'aime avec une force peu commune. Rien au monde ne pourra me faire trahir mes serments ; j'en ai juré par tes vertus; d'après cela, puis-je dévier ? Ta lettre, que j'ai eu la peine de te remettre , m'est un sûr garant de ton amour éternel. Tu crois

que je ne suis pas fière d'avoir eu le
bonheur de te captiver? Tu crois que
je ne suis pas si enorgueillie que je desirerois, sans en faire la confidence que
tout le monde pût deviner que je te
porte dans mon cœur? Ce trône est
embelli par toi, tu l'as orné de tes
nombreuses qualités ; tu en as fait le
berceau des amours ; ils s'y nourrissent
d'un feu divin que toi seul peut entretenir : tu es ce tout enchanteur qui
m'enivre; tu es un dieu que je ne cesse
d'adorer. Bonheur d'aimer, que tu es
doux, sur-tout quand l'être qui nous
attache a tout pour plaire! La fortune
a des charmes aux yeux de bien des
gens ; elle les amuse pour mieux les
ennuyer après ; mais l'amour, ce sentiment qui ennoblit l'ame, qui adoucit
jusqu'au plus féroce animal, qui nous
donne une nouvelle existence, l'amour
enfin est le spécifique à tous les maux
que la foible humanité se forge : celui

qui aime et qui est véritablement aimé ;
n'est point en défiance contre lui-
même ; il voit tout d'un œil serein , le
ciel est pour lui sans nuage ; les autres
hommes lui donnent des idées heureuses ; il voit le bonheur autour de lui ;
des oiseaux amoureux qui se béquè-
tent lui rappellent qu'il est à même
d'en faire autant ; un nid , soigneusement préparé par les laborieux amants
ailés, lui donnent des idées anchante-
resses ; il desire avec ardeur de pouvoir les imiter.... Que de plaisir ! que
de jouissances !.... Tiens , mon ami ,
ma main n'est point assez habile pour
conduire ma plume au gré de mon imagination ; je suis toute de flamme ; mon
cœur, mon esprit, se disputent à l'envi
le plaisir de t'entretenir....

Adieu, mon bon ami, mon bon *** ;
ne t'avise pas de me faire imprimer ; ce
seroit te faire revenir de ton erreur ; tu
crois que je sais écrire ; mais en copiant

tu seras à même de juger que je suis
bien ignorante. Il ne faut jamais ap-
profondir l'esprit des femmes , il est
si léger ! Je veux par exemple, que tu
approfondisses mes sentiments pour
toi. O mon ami, que tu verras de jolies
choses ! Que de réciprocité ! que de
desirs d'être toujours ton amante ! que
de vérités ! Ne crains point d'avancer,
tu as de quoi t'occuper toute la vie....

Mille baisers servent de cachet à
cette missive ; prends-les doucement....
Monsieur , il faut que le plaisir dure
long-temps.... Es-tu de mon avis ? Va
voir *** ; fais-lui courir les hasards ;
c'est son élément , je te le jure : sois
toujours le même, et tu trouveras
ta Minette toujours tendre et fidèle
amie.

La cousine est charmante ; elle a été
reçue comme une divinité par *** ;
c'est encore ton ouvrage. Songe à ma
bague, mon portrait , à mon amour

pour toi ; enfin songe que je t'adore-
rai toute ma vie.

***.

~~~~~~~~~~~~~~~~~~~~~~~~~~~~~~~

LXXe. LETTRE.

DE ***.

17 , matin.

Quand je m'alarme, quand je crains
d'avoir offensé mon amie, lorsque je
lui avoue une faute , lorsque je lui demande qu'elle indique elle-même la
punition que je dois subir , je reçois
d'elle un nouvel épanchement de tendresse , au lieu de reproches que j'a-
vois certes bien mérités : on me té-
moigne la douleur de ne m'avoir pas
rencontré, et l'on me dit; « Toujours
» la plus sensible des maîtresses. » Si
tu avois pu voir la sérénité se répan-

dre sur ma figure à la lecture de ta
lettre, comme mon cœur, oppressé
depuis deux jours, a repris son mouvement ordinaire! Tu viens de me
rendre à la vie, au bonheur, à la
jouissance de l'air pur, car, depuis
deux jours, je respirois un air étouffé.
Ma tendre Minette, l'amie de mon
cœur, l'ame de ma vie, c'est bien à
présent que je sens tout le prix de ta
possession; toute autre femme à ta
place, me voyant manquer à un ren-
dez-vous sacré, seroit entrée en fureur,
et m'aurois fait valoir (sur-tout dans
la position où tu te trouvois vis-à-vis
de ta cousine) le sacrifice énorme
fait la tranquillité intérieure : mais
toi, l'ouvrage le plus parfait de la nature ; toi, dont la touchante bonté va
toujours au devant du plus petit de
mes desirs, tu n'a point de détours,
tu ne sais point te servir d'une faute
pour exiger un amour surnaturel; le

joug que tu fais subir est tout aimable;
tu ne connois pas la fierté, l'amour-
propre; et le sentiment de la plus petite vengeance n'est jamais entrée dans
ton cœur ; tu sais te venger, mais
avec les armes de la tendresse ; c'est
en m'accablant de tes bienfaits que
tu réponds à mon étourderie. O ma
tendre amie ! c'est ainsi qu'on aime
réellement. Je ne suis encore qu'un
foible écolier auprès de toi ; mon caractère n'a point encore assez voyagé
dans le domaine immense des contrariétés : mais toi, l'amie de toutes les
convenances sociales, toi, l'exemple
de toutes les vertus qui font chérir la
chaîne aimable qui nous lie tous deux,
tu redresseras ce caractère, tu m'ame-
neras par degrés à cette perfection
humaine que le sentiment le plus affectueux peut seul produire; enfin, si
je veux être parfait; c'est pour être
digne de toi.

Comme tu dois avoir été fatiguée, ma belle amie, du voyage que tu viens de faire par la chaleur, et sur-tout par les regrets de ne m'avoir pas rencontré! Empresse-toi de donner une nouvelle marque de confiance à ton amie, en lui donnant quelques détails sur l'humeur de la cousine; après son dîner du 13 chez ***, à peine si j'ai pu te parler : je veux savoir ce qui t'afflige comme ce qui cause ta joie. Tu dois avoir reçu ta bague, et dans deux jours tu auras ta chaîne; je peste après mon bijoutier qui n'en finit point. Je n'ai pu encore remettre à madame*** son bijou réparé : je m'étois rendu hier soir chez la bonne*** pour lui faire une visite ; mais elle étoit (à ce que l'on m'a dit) allée aux ***, avec toute la société ordinaire et la maman ; je n'ai pu, en conséquence, avoir la lettre que je lui avois deman-

dée pour toi. Peut-être m'en veux-tu
de cette démarche? mais j'étois au désespoir lorsque j'ai su que tu étois venue , et que je n'avois pu te voir encore une fois.

Parlons d'autre chose , car c'est une
autre paire de manches : elles sont
commandées, la broderie ne sera point
semblable; elles seront en batiste, tout
ce qu'il y aura de plus beau : je suis
flatté de la confiance de mon amie dans
cette circonstance : je presserai la con-
fection de ses manches, afin que tu
puisses en jouir plus tôt. Tu te rappel-
leras qu'elles ne seront point défendues
par le bureau ***. Adieu, chère amie,
adieu tout ce que j'adore : je te baise
mille fois. Je t'ai vu hier; je vais aller
te rendre visite aujourd'hui : tu es belle
avec la coëffure la plus simple. Je te
renverrai ma mine le plus tôt que je
pourrai; mais elle est nécessaire pour

une folie de ma façon. Quand veux-tu
que je t'envoie Madame de Sévigné?

*** .

P. S. Je vous remets ci-joint, ma
belle amie, la charmante défense de la
sœur chérie. Dieu veuille qu'elle vous
plaise, et que tu ne sois pas fâchée !

LXXIe. LETTRE.

DE ***

18.

Il est permis d'aimer, mais non de
porter à l'extrême l'éloge du cœur de
son ami. Ta dernière est une preuve
de ce que je viens d'avancer. Je te pardonne cependant, parce que moi-même
je ne suis pas exempt du défaut de louer
sans cesse l'objet (à la vérité le plus

aimable) que j'aie jamais connu. Tu
reprends, dis-tu, ma bonne amie, une
occupation bien chère : crois-tu qu'elle
le soit moins pour moi ? T'écrire, c'est
te parler, c'est t'exprimer par cet art
charmant combien je suis heureux de
toujours jouir de toutes les affections
de mon amie. Es-tu comme moi, ma
Minette chérie ? Il me sembloit d'a-
bord qu'une correspondance aussi mul-
tipliée ne pouvoit se soutenir sans de
grands efforts ; mais chaque jour je reviens de mon erreur ; chaque jour je
retrouve, dans la passion la plus touchante, de nouvelles idées heureuses
de peindre ma tendrese ; c'est toi qui
me les inspires, c'est toi qui a semé
dans mon esprit cette abondance de
sensibilité que je ne cesse de récolter.
Quand je t'écris, je n'ai qu'à me rappeler un seul de tes regards pour peindre joliment une expression, et alors
dis où est mon mérite, si je le puise

tout entier dans tes yeux! Trop bonne
et trop aimable amie, tu as entendu
les regrets de mon ame dans mes précédentes : si tu avois besoin d'une nouvelle preuve de mon amour, je te dirois : relis mes lettres, vois la douleur,
la crainte d'avoir affligé une amie, venir toutes deux couvrir du voile de la
peine la plus réelle chaque ligne tracée
par l'ame la plus franche. Non, il est
impossible qu'un doute même vienne
te tourmenter actuellement ; tu connois trop bien tout l'intérieur de moi-
même ; mes défauts, comme mes vertus, ne te sont point échappés ; oublie
les premiers pour ne penser qu'aux
dernières. Quel est l'homme parfait?
Il n'en existe point. Mais il m'est permis, pour me rendre digne de toi, de
faire des efforts pour approcher de
cette perfection. Je sais que j'ai beaucoup à faire, et que pour réussir dans
ce grand ouvrage, je dois ne jamais

oublier que mon maître, ou plutôt ma maîtresse, est toujours là, les yeux fixés sur moi.

Je relis ta lettre d'hier ; je savoure le moment où tu traites du bonheur d'aimer. Est-il une peinture plus fraîche, plus fidèle et plus aimable? Veux-tu donc me faire mourir de plaisir? Ta main, dit-tu, n'est point assez habile pour conduire ta plume au gré de ton imagination. Comment veux-tu donc écrire? à quel degré veux-tu atteindre? Tu as bien raison d'ajouter que tu es toute de flamme, car c'est toujours à la lueur du feu divin que tu traces tes caractères chéris.

Il y a long-temps, ma tendre Minette, que j'ai approfondi tes sentimens pour moi. Je ne suis pas, comme toi, injuste au point d'avoir des craintes (ceci se rapporte à la conversation tenue en revenant de ***), et cependant quelle source inépuisable pour

faire des conquêtes, si tu voulois?
Mais, je le sais bien, ta seule coquetterie consiste à aimer avec une
force toujours nouvelle; ton amant
t'en livre autant : crois à sa tendresse
comme il est convaincu de la tienne....
Adieu, ma chère bien aimée, mon inséparable, mon songe adoré à chaque
instant du jour et de la nuit. Je crains.
bien d'avoir commis une faute pour
vouloir en réparer une autre, en t'en-
voyant une lettre de la bonne ***;
mais tu me pardonneras encore celle-là
en faveur du motif. J'ai été pour la
voir; je ne l'ai point trouvée chez elle;
j'y retournerai aujourd'hui ou demain.... On m'a dit que vous aviez
écrit une lettre charmante au père ***,
et même qu'il y avoit quelque chose
pour moi : grand merci de votre aimable attention : renvoyez-moi la
lettre de cette bonne sœur, je n'ai pu
que la lire très-précipitamment; elle

m'a paru très-bien faite : renvoyez-
moi également toutes mes lettres; ma
folie de recueil va son train.... Adieu
encore une fois. Je te jure de nouveau,
amour pur et éternel pour la vie. Ton
Minet tendre et passionné.

*** .

P. S. Tu dois avoir reçu ta bague :
je n'ai pas encore la chaîne de cheveux ; ce n'est pas ma faute , je vais
tous les jours chez mon bijoutier.
Ton portrait sera délicieux ; tu seras
bien curieuse de connoître l'invention
qui me permettra de le porter... Il faut
faire en sorte , mademoiselle, de ne
pas rester si long-temps éloignée de
moi ; tu m'informeras du moment fa-
vorable pour un retour, et je donnerai
mes ordres. On a donc bien reçu la
cousine? tant mieux. Est-elle plus aimable qu'en partant ? Je lui écrirai ces
jours-ci.

Je ne fermerai cette lettre que lorsque j'aurai reçu la tienne, pour être un
peu tranquillisé sur la remise de ta bague, que je t'ai envoyée le 15 par la
poste.... Ma crainte est entièrement
dissipée, tu as ta bague.... Je reçois ta
lettre du 17 : je verrai la bonne ***
de ta part, et je lui dirai toutes les
choses dont tu me charges pour elle.

Adieu : mille baisers d'amour pour
Minette.

***

<center>~~~~~~~~~~~~~~~~~~~~~~~~~~~~~</center>

LXXIIe. LETTRE.

18.

Mon ami, tu n'es pas raisonnable.
Quoi, tu es malade! Quoi, tu ne veux
pas te ménager! Quoi, tu te fais mal
impitoyablement! tandis que ta sin-

cère amie ne respire que pour t'adorer
et te trouver charmant, tu attends mes
ordres pour vivre..... Ils sont donnés
aux dieux pour t'immortaliser; c'est
l'amour qui lui-même se charge du
message. Toi qui m'es cher, ménage
ton existence pour tous ceux qui t'aiment; vis éternellement sur la terre
comme tu vivras en mon cœur. J'en
atteste le ciel, que la nuit des tom-
beaux ne me conservera pas seule; mon
amour sera identifié à mon ame; ils
doivent être inséparables. Tu as l'image
de ta Minette; qu'elle te rappelle à quel
point elle t'aime; que tu voies dans ses
regards tous les traits de flamme qui se
glissèrent dans tous ses sens, lorsqu'elle
te connut; que ce gage de l'amour le
plus tendre n'éprouve jamais le sort
de tant d'autres. Juge ton amie avec la
même ame que tu l'as fait jusqu'à présent; ne lui crois pas tous les défauts
de son sexe; ne la soupçonne jamais,

le soupçon est une injure à la vertu.
Toutes mes recommandations peuvent
te déplaire pour un instant, mon divin
ami; mais quand tu verras que c'est
sur ma propre foiblesse que j'établis
des craintes, tu ne m'en voudras point.
Je ne prétends pas dire que je chan-
gerai; oh! je me détesterois, si une
pareille idée me passoit dans la tête :
je veux donc dire que je ne serai pas
toujours jeune, que je n'aurai plus les
agréments que la brillante jeunesse
s'approprie ; mille autre considérations me font redouter les ans. Quant
aux plaisirs moraux, ceux-là doivent
exister long-temps ; ce sont eux qui
nourrissent les moments les plus cruels
de notre vie ; ils diminuent les peines
que la triste humanité se plaît à se
forger. Mon divin amant, ta lettre m'a
fait beaucoup de chagrin ; je vois une
teinte de tristesse que tu dois éloigner
pour être heureux. Je sais que nous

n'avons pas le pouvoir de commander
aux sensations que l'absence et les regrets d'être privé d'un objet aimé nous
occasionnent : mettons un peu de philosophie avec l'amour ; donnons-nous
du courage mutuellement, ne nous
laissons abattre dans aucune occasion ;
disons-nous : « Faits tous deux l'un
» pour l'autre, ayant tous deux les
» mêmes cœurs, les mêmes ames, les
» mêmes désirs, mais nés loin du
» même lieu qui nous rapproche, ne
» nous rencontrant qu'après que des
» lois plus puissantes que nos volon-
» tés ont pourvu à nous donner à tous
» deux des devoirs que la raison, la
» délicatesse, la sensibilité défendent
» d'enfreindre, avons-nous le droit de
» nous plaindre? Que signifieroient de
» semblables murmures? Oubliez-vous
» qu'un maître souverain conduit et
» dirige l'univers? Croyez - vous que
» pour deux amants il puisse se faire

» une révolution qui culbute tous les
» éléments, et vous laissera jouir en
» paix du bonheur que vous croyez
» avoir été fait pour vous?..... Non,
» dira le plus sensé des deux. D'après
» cela vivez tranquille, ne cherchez
» pas tout ce qui peut troubler votre
» repos ; aimez, mais ne vous fatiguez
» pas de soucis : chérissez ; on en fait
» autant pour vous. Avez-vous besoin
» d'autres choses? l'homme ne peut
» connoître l'immensité de sa félicité
» dans ce monde, parce qu'il désire
» toujours ». Que de gens voudroient
avoir notre bonheur! que de gens voudroient comme nous avoir la liberté
de s'adorer! Nous est-il arrivé des
malheurs ? Avons-nous cessé un instant de nous chérir ? Avons-nous à
nous faire des reproches ? Vois donc,
mon ami, que je sais bien prendre les
choses : je voudrois avoir plus de
temps, tu aurois eu quatre pages

2   15

pleines de ces idées heureuses que notre amour me suggère. Tu n'y perdras rien ; rassure-toi sur la part que je prends à tes souffrances momentanées : la pitié, cette vertu naturelle et douce qui rend l'homme si aimable à l'homme, vient de cette source qu'on nomme *sensibilité*. On voit souffrir son semblable, on se met à sa place et on le secourt ; on voit un affligé, on mêle ses pleurs à ses larmes, on le console, comme je cherche à le faire, puisque dans une pareille situation je voudrois être consolée. Je suis pénétrée de tes souffrances et veux absolument que tu les adoucisses à tel prix que ce soit. Allégeons, mon doux ami, le fardeau de l'absence, ce maudit poison des amours, en ouvrant nos ames à l'espérance. Nous devons nous revoir dans un mois au plus tard. Objet chéri, ménage tes jours.....

J'ai fait le plus charmant rêve pos-

sible cette nuit. Ce qu'il y a de plai-
sant, c'est que j'étois chargée par les
dieux du soin de filer tes jours : je pris
les fuseaux des mains de la Parque.
Cette allégorie me fit un plaisir que je
ne puis te peindre ; la cruelle Atropos
ne vint pas se présenter à ma vue.
Heureuse idée! je trempois mes doigts
pour mouiller le fil dans les sentiments
épurés, dans la tendresse, dans l'extrême délicatesse ; ce fil prenoit une
couleur enchanteresse. Oh! si j'avois
un pinceau plus habile, j'aurois été
jalouse de te faire en grand la descrip-
tion de ma nuit....

Adieu, ma vie entière, mon tout,
bien sans égal : que je t'aime, et que
je voudrois t'aimer davantage, s'il
étoit possible !... Quant à la chaîne
de cheveux sous enveloppe.... Tendresse éternelle.

Pardon du désordre de ma lettre...
Mille importuns, tu sais ce que c'est...

Vois ***, je lui envoie par le même
courrier une harangue de quatre pages à l'avantage de l'amour. Puis-je
décrier celui qui me fait vivre ? Mille
et puis mille autres baisers.

***.

LXXIIIe. LETTRE.

DE ***.

19.

QUOIQUE je fusse bien persuadé d'a-
vance, ma chère bien aimée, que la
générosité de ton ame et ton sincère
attachement pour ton amant te porte-
roient à m'accorder la grace que je sol-
licitois près de toi, tu ne peux cependant te faire une juste idée de l'aimable sensation qu'a produite sur moi ta

missive d'hier. Je renais ; j'ai repris
cette gaieté que mes chers enfants aiment tant à me voir. Bonne et sensible amie, sais-tu ce qui m'a le plus
attendri dans ta lettre du 17 ? c'est ce
passage que j'aime à retracer : « Rends
» à *** et à *** ta sérénité qu'ils em-
» pruntent de la tranquillité ; que ton
» amie puisse au moins se dire : Je
» contribue à faire des heureux. Sais-
» tu que je suis responsable de la douce
» harmonie qui doit régner chez toi » ?
Et c'est une maîtresse qui parle ainsi,
et qui pense sincèrement ce qu'elle
écrit ? non, c'est une divinité, c'est
la vertu elle-même qui parle par ton
organe. Ce sentiment si noble de compassion pour une petite famille a donc
aussi germé dans ton cœur ? Il ne te
manquoit plus que cela pour achever
de me rendre fou tout-à-fait : le rôle
d'admirateur n'est plus celui qui me
convient, car depuis long-temps tu as

2   15*

commandé l'admiration , il te faut un
hommage encore au-dessus de celui-là;
je cherche en vain à t'en offrir un qui
soit digne de tout ce que ton ame renferme de respectable. Après avoir as-
servi mon cœur sous la plus douce loi,
après m'avoir honoré du titre d'ami,
après avoir reçu le gage le plus irrévo-
cable de ma foi (la pudeur parée des
grâces de l'amour) , que veux-tu que
je puisse t'offrir? Ton trône est placé
dans mon cœur; c'est-là que tu règnes
en souveraine. Tu n'as point de rivale,
parce que tu n'as point d'égale; tu ne
ressembles à personne qu'à ton amant
pour l'aimable sympathie. Permets-
moi de te rappeler ici cette idée mu-
tuelle qui prit naissance au même moment chez nous, lors de la promenade
à ***, en montant sur le tertre : « Nous
sommes plus heureux nous autres ».
Cette conformité de pensée n'est-elle
pas faite pour prouver que la nature

semble nous avoir formés l'un pour
l'autre? Oh oui ! nous méritons bien
d'être heureux, car nous savons apprécier le bonheur et en jouir avec cette
aimable modération qui charme dou-
blement l'existence. Le mot *ingrat*
n'est donc jamais venu à ton imagination : tu n'auras jamais à le prononcer
avec moi ; la plus simple action de toi
m'attendrit aux larmes. Avec une ame
aussi flexible comment voudrois-tu
que je fusse ingrat? Tu m'accables toujours de jolies choses dans tes lettres ;
et elles sont d'autant plus jolies qu'elles
sont écrites avec un coloris si doux
que je ne puis résister. Prends garde ,
mon amie, si j'allois me jeter dans les
bras de l'orgueil ou de l'amour-propre,
que dirois-tu? que dirois-tu encore si
la vanité venoit me surprendre? que de
repentirs viendroient troubler ta félicité ! ce seroit pourtant ton ouvrage.
Modère donc tes expressions, mais ja-

mais ta flamme, car j'en mourrois,
je crois, de douleur.

Je suis enchanté que la scène du
souvenir n'ait pas eu de suite. Tu me
parles de ton anxiété chez ***, j'aurois
desiré que tu visses la mienne, lorsqu'il me racontoit tous les détails de
ton départ de chez lui : crois, ma tendre Minette, à la discrétion de cet
homme, il m'est entièrement dévoué,
et tu sais d'ailleurs que je m'attache
facilement les cœurs.

Je ne veux point finir cette lettre
sans te demander excuse de ma légèreté
relativement à ce que j'ai dit à la
bonne sœur, que je trouverois peut-être
un moyen de te faire tenir une lettre.
J'avois perdu toute ma raison le jour
de ton départ ; ainsi tu vois que je suis
excusable. Si je puis avoir un entretien
particulier avec cette bonne aimable
sœur qui, à ce qu'il m'a paru, écrit
fort bien (à propos, renvoyez-moi sa

lettre), je ne manquerai pas de lui faire couler doucement les vérités dont tu me charges pour elle. Adieu, maîtresse adorée : les jours vont me paroître bien longs d'ici à ton retour, que j'accélèrerai le plus que je pourrai. J'écris aujourd'hui à la bonne cousine ; j'ai reçu d'elle hier une lettre courte à la vérité, mais aimable : je lui parle dans ma réponse de la frivolité des femmes et de l'appui dont j'aurois besoin auprès de ta sœur..... Tu vois que je ne puis pas mieux suivre à la lettre ce que tu me prescrits : tu es admirable sous le pinceau, tu fais ma tendre consolation ; je te porterai à gauche pour que tu sois plus près de ce cœur qui n'est qu'à toi. Adieu encore une fois : je sais que tu ne pourras pas m'écrire le ***, ainsi je serai veuf le lendemain ; mais moi toujours je t'écrirai : toujours t'aimer, toujours te chérir, toujours t'idolâtrer, voilà comme pense ton amant, le modèle de la constance et du sentiment le plus pur. Amour pour la vie. Deux baisers seulement, mais de la qualité de ceux qui durent dix minutes au moins... Adieu, ma folie, mon tout... Tu vois que j'écris longuement. Ne trouves-tu pas chez moi *tout* un peut long ? Je ferai en sorte de me corriger de ce défaut, si toutefois tu conviens que c'en est un.

Demain ou après, je te ferai part d'un songe, et te soumettrai ensuite une question bien délicate à résoudre. Tu ne veux donc pas de madame Sévigné? Renvoie-moi chaque jour une lettre et n'oublie pas celle ***. Adieu, je te quitte, parce que je n'ai plus de place.

J'ai le temps d'ouvrir ta lettre du 18 avant de fermer celle-ci. Je suis le plus heureux des mortels, puisque tu m'aimes toujours. Adieu.

                        ***.

LXXIVe. LETTRE.

19.

ELLE est charmante ta lettre ! O ***,
elle est adorable, celle du plus délicieux coupable qu'on ait jamais pu
voir. Ne me trouve donc pas tant de
qualités. Que je suis loin ressembler au
portrait que tu fais de ton amie ! Tu
ne conçois rien à la bague, parce que
tu n'avois qu'une lettre de moi quand
tu écrivis celle-ci. Tu demandes quand
je veux monsieur *** ; quand ***,
voudra me l'envoyer. Je reçois tes
baisers avec l'espérance de te les rendre
au centuple. Tu crois que je fais de
grands efforts en te pardonnant? J'ai
tant besoin d'indulgence que j'en suis
armée pour mes meilleurs amis : divin amant, peut-on être plus sen-

sible que tu l'es ? Tu es donc rentré
dans ta sphère ? Puisse l'air que tu res-
pires être rempli d'un parfum dont la
vapeur t'enivre d'un nouvel amour
pour ta Minette! qu'elle réside toujours dans ton cœur; elle n'en sor-
tira jamais que de force : elle veut
n'avoir que des vertus pour être toujours digne de toi. O, ma chère ame,
combien je suis heureuse d'avoir rencontré, sur cette terre hérissée d'é-
pines, l'image du bonheur sous la
forme humaine! Tu as en toi l'art de
captiver l'être le plus léger; le papillon,
j'en suis certaine, changeroit s'il avoit
la jouissance de te suivre par-tout.
L'amour, cet enfant gâté, n'a-t-il pas
pris, auprès de toi, l'air d'un homme
respectable? il ne veut plus retourner
auprès de sa mère; il trouve dans son
Mentor toutes ses graces réunies, son
amabilité ; sa sémillante audace est
tout de suite adoucie par ta raison qui

ne le brusque jamais ; il a retrouvé un
frère dans le bon ***. Que veut-tu,
mon cher bien aimé ? je suis si folle de
toi, que le bruit que fait notre Mer-
cure avec sa chaîne de montre, quand
il apporte une lettre de toi, me fait
battre le cœur ; je dévore ce petit des
yeux ; je l'embrasserois si le rang ne
le défendoit pas, je lui arrache ce qu'il
me donne toujours avec trop de lenteur, je déchire l'enveloppe : je voudrois avoir, comme Argus, cent yeux,
que je les occuperois bien, quand il
s'agit de te lire ! Tu lis cela ; eh bien !
c'est un glaçon en comparaison de ce
que mon cœur ressent pour toi : tu
me donnes l'existence. Quand par la
grande chaleur il arrive un vent frais
qui donne plus de force à mon esprit,
je dis : C'est l'haleine de mon amant
qui par lui est envoyé pour me sou-
lager ; tu rehausses par ton amour
toute mon imagination ; enfin, mon

ami , tu m'as régénérée ... Que notre
langue est peu riche, ou du moins que
j'en sais peu pour te prouver à quel
degré je t'aime. Pour me voir toujours heureuse , c'est de ne jamais se
refroidir pour ta Minette : elle aime-
roit cent fois mieux la mort que de
souffrir le plus petit air d'indifférence
de la part de son amant. Jure-lui de
toujours l'adorer : non , ne jure pas ,
ma demande est déplacée. L'homme
franc ne fait point de serments , sa conduite est le garant de ce qu'il fera toujours pour l'objet de sa tendresse. Ne
crois pas que cette lettre soit le délire
de ma raison ; je t'assure que je n'écris
que les vœux de mon cœur ; elle ne
perd rien pour te dire des vérités incon-
testable : tu peux converser avec toutes
mes sensations , elles sont tour à tour
vives , douces , tendres , délicates et
sensibles; outes se réunissent pour
être à toi , toutes alors me deviennent
précieuses.

Je quitte un entretien qui me fait
mourir à petit feu de n'être pas près
de mon ami pour lui prouver par cent
baisers, plus brûlant l'un, plus amoureux l'autre, que je ne dis pas la
moitié de ce que je pense. Ta cousine,
comme tu le vois par ses écrits, t'aime
avec un fond de confiance que nous
devons bien ménager : tenons-nous
sur la défensive dans tous les cas. Il
n'en faut pas trop dire à ***. Les conseils en amour ne sont jamais essen-
tiels; je ne veux que personne se mêle
de ma conduite : la barque est lancée;
d'après cela, les avis les plus salutaires
seroient hors de saison. Qu'en penses-
tu, ma vie? Tu es toujours du sentiment de ta Minette, quand elle traite
le sujet inépuisable dont il est question depuis long-temps entre nous.

Je suis honteuse des peines que je
donne à mon bon *** pour mes ***.
En vérité, cette liberté de ma part

n'est pas superbe : le malheur de tout cela, c'est que je suis femme, et, comme le dit La Fontaine, dans sa fable du loup qui se fit berger, *l'oreille parut, et les moutons se sauvèrent*. J'ai toujours un goût de toilette qui n'est pas digne d'un esprit fort; mais enfin, il faut suivre le torrent : ceci m'excuse. Adieu, mon ami, aime-moi comme je t'aime; il sera difficile de rencontrer sur la terre nos égaux.

Je répondrai à *** un jour où je serai plus libre : je demande ce qu'on m'a repris il y a quelques jours; j'en ai besoin pour supporter le fardeau de l'absence.... On se plaignoit hier de ne plus me voir la chaîne de cheveux noirs; l'amitié n'est pas de longue durée chez vous, me disait-on. Que répondre? L'amour en efface les traces, sur-tout quand les personnes n'existent plus. Il vient d'être décidé sur

l'heure un petit voyage de *** : nous
partons aujourd'hui à midi ; nous restons la journée de demain, et nous revenons le premier soir. Ne t'afflige pas
si tu ne me lis pas de deux jours ; je
serai cruellement privée. Adieu : ne
néglige pas de m'écrire.... Que j'aurai
de choses à te dire à mon retour !.....
Amour pour la vie.

*** .

LXXVe. LETTRE.

DE ***.

20

Rassure - toi bien vîte, ma chère
bien aimée ; je suis entièrement réta-
bli ; j'ai repris ma sérénité ordinaire,
et je t'avoue que tu n'as pas peu con-
tribué à ce rétablissement : je suis cons-

2   16 *

titué si délicatement, du côté de la
sensibilité, que la plus petite contra-
riété m'affecte profondement. Mais ,
qui ne guériroit pas très promptement
avec un Esculape comme toi ? Cette
morale si douce, si persuasive , que
tu emploies avec discernement, est un
vrai spécifique contre les maux de la
vie ; aussi cette fois je m'en sers comme
d'un vrai préservatif, et je m'en trouve
bien. Ta lettre du 18 renferme de nouvelles assurances de la tendresse : on
voit que tu te plais à me répéter que
jamais nul motif ne pourra te faire
rompre la chaîne qui nous lie. Je ne
sais, mais je suis jaloux de ta manière
d'exprimer ce que tu sens ; cette manière n'appartient qu'à toi : tu as le
talent rare d'aller jusqu'au fond du
cœur ; chaque phrase de ta missive
produit chez moi une sensation semblable à celle que j'éprouve, lorsque je
suis près de toi; une douce palpitation

place tes idées sur mes lèvres; elle des-
cendent jusqu'à mon ame, et par une
commotion subite du cœur à l'ame,
mes yeux humides voudroient te présenter ma sincère reconnoissance. Que
je suis loin encore de cette peinture
heureuse qui te fut donnée en partage!
Mais à quoi me servent ces regrets? ils
ne peuvent remplir mes vœux : con-
tente-toi donc de ma plume, et n'oublie jamais que son conducteur habi-
tuel est ce cœur qui t'est dévoué pour
la vie.

Je t'ai promis hier, ma douce amie,
une question à résoudre; je tiens ma
parole, la voici :

Dans une conversation intime que
j'eus avec quelqu'un ces jours derniers
sur le chapitre des femmes, je pris,
en noble champion, leur défense : on
prétendoit qu'en général elles portoient plus volontiers leur attention
sur les hommes que la fortune avoit

placés à un rang élevé ; on ajoutoit que
souvent les hommes se méprenoient
quelquefois sur les prévenances du
sexe , et que l'amour-propre flatté ac-
cueilloit des transports qui ne pre-
noient leur véritable source que dans
la vanité. — A cela je répondis à mon
discoureur que j'avois connu dans ma
vie des femmes dont la pensée étoit furieusement éloignée de la sienne , et
que je mettrois ma main au feu , de la
tendresse d'une amie qui n'avoit cessé,
jusqu'à présent , de m'en donner des
preuves. — Cette assertion ne put entraîner mon adversaire ; il répondit
brusquement : Cessez d'être en place,
et vous verrez si l'on continue d'avoir
pour vous les mêmes sentimens; qu'il
vous arrive une disgrace , et bientôt
vous n'aurez plus , pour votre consola-
lation , que le souvenir du bonheur
passé, vous serez abandonné : on pourra
vous plaindre, mais là s'arrêtera l'atta-

chement ; il ne pourra franchir cette
barrière presque insurmontable : vous
accuserez la rigueur du cœur féminin ;
on se moquera de vous , et, en défi-
nitif, on vous demandera de quel droit
vous voulez que l'ordre immuable des
choses humaines se change pour vous :
la fortune vous a abandonné ; tous les
plaisirs aimables , qui la suivent ordinairement , doivent également vous
quitter. —A tant de raisonnements ,
plus faux les uns que les autres , j'ai
voulu opposer la droiture de mon ame ,
cette noble franchisse qui m'a entraîné
vers le plus pur sentiment, la vivacité
d'une flamme sentie réciproquement ,
une éducation un peu soignée : j'ai
ajouté que je ne connoissois point d'ame
vénale , et qu'enfin tout , dans cette
amie , étoit fait pour me promettre la
continuation de la sécurité la plus parfaite, quelques fussent les événements
désagréables que je pourrois éprouver

dans le cours de ma vie : rien n'a pu convaincre mon antagoniste : et il m'a quitté, en m'invitant à résoudre la question suivante, « Le véritable amour « n'admet-il pas des préférence de for- « tune, et peut-il régner dans le mal- « heur comme dans la prospérité ?

Voilà, ma sincère amie, la question que tu dois résoudre : je le ferois bien, mais je veux t'en laisser la gloire, comme celle de réfuter des principes qui ne peuvent prendre aucune racine dans nos deux ames.

Je te remets, sous ce pli, ta nou-velle chaîne ; elle est plus longue que l'autre de six pouces. Dieu veuille que tu la trouves en tout point conforme à l'autre, que je conserverai jusqu'à nouvel ordre de ta part : la nouvelle chaîne est un peu plus forte que l'au-tre, mais elle est tressée de la même manière que l'ancienne ; je la trouve un peu plus noire, mais la différence

est peu considérable.—Tu auras bientôt les trois paires de manches ; indique-moi un moyen de te les faire passer. Adieu , ma vie heureuse , mon
bonheur sans trouble , mon bien à
jamais à moi ; je te presse contre mon
ame de toutes mes forces.

A propos, avec mon bijoutier, nous
avons trouvé un moyen admirable de
te faire porter au col ma mine : quand
tu seras à Paris , tu me remettras ton
souvenir , et , au moyen d'un secret
qui ne sera connu que de toi , nous
cacherons à tous les yeux ton amant.
Que dis-tu de l'invention, ma Minette
chérie ? On te donnera , dans l'inter-
valle nécessaire pour arranger cela , un
autre souvenir absolument semblable.
Il faudra consentir à cet arrangement :
je puis t'assurer que la cousine n'y
verra que du feu : ce sera un peu plus
lourd pour toi à porter , mais tu seras

dédommagée par la place que j'occuperai toujours sur ton sein.

Adieu : mille baisers te dévorent. — J'ai été pour voir ta sœur, elle étoit encore sortie ; voilà deux fois que je rencontre figure de bois : ce n'est pas de ma faute.

**

LXXVIᵉ. LETTRE.

DE ****.

21.

OBJET chéri de mon amour, en relisant ta lettre du 18, je me suis senti élevé au-dessus de moi-même. Est-il une philosophie plus aimable, plus douce ? Peut-on raisonner avec plus de grâce sur les peines de l'absence ? Il t'appartenoit de ramener ton amant au bonheur qui sembloit l'avoir fui

depuis ton départ. Non, jamais, je
crois, je ne fus plus heureux que depuis la lecture de l'adorable missive
que je viens de citer : j'ai repris ce
courage qui soutient ordinairement
une belle ame; je me nourris de l'espérance, cette consolante fille de la
félicité ; enfin une nouvelle existence
a commencé pour moi. C'est toi , ma
Minette chérie, qui produis encore ce
prodige ; c'est par ta douce morale,
c'est par tes leçons, qui ne sont point
celles du pédantisme, que j'ai repris
ma sérénité ordinaire. Jouis de ton
ouvrage, ma chère ame ; je ne veux
vivre que pour t'adorer, que pour em-
braser de mes feux chaque écrit sorti
de ton cœur. Sais-tu bien que tu com-
mences à m'effrayer par ta manière de
peindre? Où veux-tu, dis-moi, que je
trouve un pendant au tableau? Je t'ai
déjà dit vingt fois que je n'avois qu'une
ame, et qu'elle seule conduisoit ma

plume; mais toi, tu joins à cette belle qualité un esprit merveilleux, une fraîcheur d'idées que la température actuelle ne peut altérer. Tu as bien raison de dire, mon amie, que l'homme ne connoît jamais l'immensité de son bonheur, parce qu'il désire toujours : cependant je me permettrai de t'observer que je puis faire exception à cette règle générale ; je suis content de mon sort, je n'ambitionne que la continuation de ta tendresse, je n'ai d'autre jouissance que dans l'exercice du devoir religieux et tout aimable que notre séparation m'impose chaque jour, je le remplis avec une ferveur que toi seule as pu m'inspirer ; je crains de t'offenser, de t'affliger en la moindre chose ; je gémis d'une étourderie qui peut troubler ta sécurité intérieure ; je n'ai d'idées heureuses que par toi, je ne vois que toi, comme le matelot aperçoit de loin le port qui doit le préserver d'un naufrage ; tu es mon refuge, mon idole ; tu es le sang qui coule dans mes veines ; quand je t'ai vue , j'ignore si le monde existe , je n'entends que l'heure, cette ennemie du bonheur, qui me rappelle à l'austérité d'un travail souvent pénible et désagréable ; je n'envisage de délassement que dans la vue de tes traits sacrés : n'oublie jamais que ces traits ne doivent être altérés que par la joie la plus pure, car tu sais qu'on répand des larmes dans le plaisir comme dans la peine. Ton amant n'a pas eu besoin de jurer que jamais un procédé fâcheux ne sortiroit de chez lui : tu n'auras jamais à pleurer sur l'abandon entier de ton être ; ce dépôt précieux que tu voulus bien lui confier ; ce cœur enfin qui forme ta seconde ame trouvera en tout temps un asyle impénétrable aux curieux dans l'ame de ton ami ; jamais tu ne seras déchirée par un souvenir désagréable ;

je veux que tout en moi te ramène à
l'âge d'or ; je veux que la plus petite
de mes actions soit frappée au coin
de la vertu ; je veux enfin que tu con-
viennes qu'il est possible de trouver
dans notre sexe un être qui s'y distingue par une pureté de sentiments
qui lui est peu commune assez ordinairement. Tu dois t'apercevoir, mon
ange consolateur, de la différence de
mon style comparé avec celui de mes
précédentes : ce changement spontané
est dû à ton aimable diction ; mes yeux
ont repris leur vivacité ordinaire, ils
te dévorent lorsqu'ils sont placés sur
toi, ensuite ils deviennent humides ;
c'est le seul hommage qu'il leur soit
permis d'offrir à une *** adorée ; aussi
ils te prient de ne le point rejeter.

Je reçois à l'instant la lettre du 19,
par laquelle tu m'annonces ton voyage
à *** : tu me dis aussi avoir reçu la
missive de l'aimable sœur. Je t'ai re-

commandé de me la renvoyer ; n'y manque pas, je t'en prie à deux genoux ; je n'ai pas eu le temps de la lire. J'ai écrit hier à la cousine une lettre de quatre pages ; elle t'en parlera sans doute, et sur-tout du passage dans lequel je lui demande son intercession auprès de ***. Il y a une fatalité qui me poursuit ; voilà trois jours de suite que je me rends rue *** sans pouvoir parvenir à rencontrer nos fugitives. Je t'ai envoyé dans ma ma lettre d'hier la chaîne de cheveux ; accuse m'en bien vîte la réception : je crains qu'à la poste on ne se soit aperçu de la fraude. Quand et comment te faire passer les *** ? elles sont toutes prêtes ; j'attends les ordres. Je voudrois bien baiser le bras qui les portera ! vœu inutile. Adieu, mon amour ; adieu tout ce que j'aime : je t'adore toujours avec ferveur.... Je répondrai demain à ta lettre du 19. Ma lettre

2   17*

d'hier te porte une question à résoudre; ton voyage t'en aura empêché,
mais je ne t'en tiens pas quitte. Mille
baisers brûlants du plus pur amour.
Pense à l'idée d'incruster ma mine
dans ton souvenir. Adieu, amour de
ton tendre et constant amant pour la
vie.

Relis cette lettre deux fois pour l'a-
mour de toi avant de me la renvoyer.

**.

~~~~~~~~~~~~~~~~~~~~~~~~~~~~~~~~~~~~

LXXIIIe. LETTRE.

21.

Je suis de retour, comme tu vois,
mon cher ***. J'ai vraiment le cœur
gros de ta lettre en date du 20. Je ne
t'empêche pas de me regarder comme
un mauvais caractère, mais j'ai pris

tout de travers ta discussion avec un
être imaginaire : la question est délicate, elle mérite d'être approfondie ;
il n'appartient pas à des ames moins
élevées que les nôtres à écrire cent
pages sur ce sujet : quant à moi, j'aime
avec ardeur, avec délicatesse; je serois
indigne de l'amitié de mes amis, si
j'avois la bassesse de calculer mon
amour sur la fortune de celui que je
nomme mon amant. Ces idées me ré-
voltent à un point que j'en suis aux
larmes de voir que celui que j'estime
le plus au monde puisse se permettre
de me parler comme à une parfaite
étrangère. Toutes réflexions par écrit
deviennent, pour un être susceptible,
des sentences.... Jamais je ne m'ap-
pesantirai sur l'amour qui naît par un
calcul quelconque. Je crois que l'ame
honnête aime autant dans l'adversité
que dans la plus grande opulence ;
mais je suis persuadée que celui qui

tombe du faîte des grandeurs dans la misère la plus profonde, change furieusement de ses manières affectueuses ; il gémit, il pleure, il accuse tout le monde de son malheur. Pourquoi sa maîtresse seroit-elle épargnée ? pourquoi l'habitude de la voir la fait-elle mal juger ? C'est que l'homme est injuste en lui-même, c'est que la peine qu'il éprouve aigrit son humeur, et le rend insupportable à tout le monde. Celui qui ne perd pas son sang-froid dans les revers est celui qui mérite d'être toujours adoré, parce qu'il est toujours le même. Je puis errer dans ce raisonnement ; d'ailleurs, je l'avoue franchement, il n'est l'effet que de très-peu de réflexions. Je ne donne ici que des idées en l'air ; je te prie seulement de ne jamais mettre sous mes yeux de pareils tableaux ; ils déchirent l'ame honnête, et font rire l'ame vénale. Vous êtes bien extraor-

dinaire avec votre manière d'aimer ;
toujours des ombres, toujours des
chimères. Vous ai-je jamais fait part
de mes conversations sur la fragilité
des cœurs élevés à un haut rang? vous
ai-je jamais parlé des malheurs atta-
chés à un amour illioite? Non, parce
que la délicatesse défend de s'entretenir de tout ce qui peut blesser l'a-
mour-propre ; et puis encore, si on
est capable de sentir comme ceux qui
discutent, il faut éviter de faire connoître à soi-même des défauts que l'é-
ducation n'est pas capable de détruire.
Quand un sot vous dit : Les femmes
sont toutes incapables d'avoir des
procédés ; on doit répondre : Si vous
parlez ainsi, c'est que vous ne mé-
ritiez que de semblables conquêtes
par votre moralité. Soyez certain, mon
cher ***, que l'homme qui parle contre
les femmes, n'est pas le plus aimable :
sans doute il en est de fort désagréa-

bles ; mais celles qui ne vivent que
pour rendre heureux ceux qui les entourent, qui ne font que du bien, ne
négligent pas leurs devoirs, méritent
non seulement l'adoration, mais l'admiration des hommes : ceux qui le leur
refusent ne sont pas dignes d'entrer
dans leurs cercles; ils en feroient le
déshonneur. Je suis au désespoir de
m'exprimer avec autant de sévérité ;
mais si vous examinez votre lettre, que
je vous remets ici, vous ne pourrez
vous refuser à vous trouver coupable...
Voilà, mon ami, les occasions où je
ne puis faire grâce : il est des choses
si délicates dans ce monde, que la plus
légère atteinte sur elles fait un effet
étonnant. On ne peut pas écrire sans
une espèce d'attention ; or, lorsqu'on
a mis sur le papier un peu de duretés,
il faut arracher bien vîte tout ce qui
peut affliger une amie, qui ne peut se
déclarer hautement, mais qui ne peut

rougir de ses sentimens ; ils sont purs, ils sont l'ame de son ame , ils ne l'a- vilissent pas à ses propres yeux. Savez- vous, mon ami , que je ne cherche pas l'approbation du vulgaire ? savez- vous que je suis heureuse de ma cons- cience ? Que me font les autres hom- mes après celui que j'aime ? Je n'es- time que ce qui est digne de l'être ; je ne cherche à plaire qu'à celui que je chéris : quand il cesse un instant de me méconnoître, je me repose sur sa tendresse, qui, comme la mienne, doit être la source de son bonheur. Je vois bien qu'il pas de roses sans épines. Tu piques aujourd'hui mon affection amoureuse ; tu ne sais pas le mal que tu fais à ton amie : je suis si craintive en aimant qu'un rien m'affecte. Je crois découvrir , à tra- vers les phrases de ta dernière, con- cernant la fatale question, un certain je ne sais quoi qui tient à une rupture.

Ce mot me fait mourir, je suis toute tremblante. Si cela devoit un jour couronner ma tendresse ! ah ! mon ami, je t'assure qu'un coup de poignard ne pourroit me faire plus de mal. Pourquoi donc est-il annexé à l'amour de se forger des peines ? C'est toujours ta tête et jamais ton cœur, je le sais ; mais à la fin, si tous deux marchoient ensemble, la course seroit rapide et le choc violent. Voilà le fruit de ta lettre : juge ton amie, mais ne la méconnois jamais.

J'ai la chaîne ; elle a bien du prix à mes yeux, elle est ressemblante. Adieu, mon ami : il vous en coûte bien peu de chagriner votre maîtresse. C'est que je le suis comme je ne le fus jamais. Adieu.

⋆.

~~~~~~

LXXVIIIe. LETTRE.

22.

Mon cher ***, un feu électrique passe jusqu'à mon cœur ; c'est ton portrait qui est attaché après mon cou qui en est cause, il parle à mon ame ; il vient de recevoir le tribut que je lui réserve tous les jours. Ils viennent de passer ces beaux momens ! ils semblent fuir avec plus de promptitude qu'ils ne viennent. Tu auras été bien las, bien fatigué ? J'éprouve toutes tes peines, je savoure tes plaisirs, quoi que l'impitoyable sort m'éloigne de l'être parfait qui seul existe au monde. Il ne m'est pas possible de peindre tes qualités, mais je puis t'adresser ces vers d'un poëte dont je ne sais pas le nom :

2   18

Loin de rien décider sur cet Être suprême,
Gardons, en l'adorant, un silence profond;
Notre raison s'y perd, notre esprit s'y confond:
Pour savoir ce qu'il est il faut être lui-même.

Sois persuadé, mon amour, que ton amante pense ainsi de toi ; elle est pour toi ce qu'elle a été hier, ce qu'elle sera demain, ce qu'elle sera jusqu'à la fin , parce que son attachement est basé sur des lois immuables. Le grand être qui a formé l'océan et les montagnes , l'or et le fer, le chêne et la sensitive , a réglé mon destin ; il est attaché au tien pour tout le temps de ma vie. Cruels préjugés , vous êtes les tyrans des amants : c'est une espèce de contagion qui, comme toutes les maladies épidémiques, s'attache sur-tout sur les femmes, et ne cède qu'à la force de l'âge et à la raison éclairée par l'expérience. Puis-je, avec toute la raison

possible; déclarer à la face du ciel que
je t'adore ! Puis-je te nommer mon
époux quand le préjugé me le défend ?
Ah ! mon ami, ce mal, presque aussi
ancien que les hommes, naît de cette
malheureuse pente de l'ame vers
l'égarement qui la plonge dans l'erreur malgré sa résistance ; car l'esprit
humain, loin de ressembler à ce crys-
tal fidèle dont la surface égale reçoit
les rayons et les renvoie ou les trans-
met sans altération, est bien plutôt une espèce de miroir magique qui
défigure les objets, et ne présente que
des ombres ou des monstres : il y a
aussi des préjugés de convention qui
sont comme l'apothéose de l'erreur ;
tel est le préjugé des usages. Je me
perds en vains mots, je ne dis rien
qui vaille ; et d'ailleurs ne suis-je pas
la voix qui crie dans le désert ? Parlons plutôt de l'aimable passion qui
me domine ; elle entretient l'alliance

précieuse de deux cœurs formés l'un pour l'autre.

Je remarque, mon cher trésor, les mouvements dont mon ame fut agitée depuis trois jours : d'abord la crainte, elle froissa mon cœur et porta la désolation dans tous mes sens ; ensuite une joie extrême ; après cela une mélancolie qui arrête la dissipation de mon esprit ; elle ajoute à l'état d'incertitude qui exerce trop violemment les ressorts de mon cœur : mais en pensant à une réunion prochaine, la délectation de l'espérance éloigne les resserrements de la crainte. Sais-tu que si les passions sont des maladies dans le moral, elles peuvent servir de remède dans l'ordre physique ? du moins tel est mon avis : mais un amour heureux n'est pas sujet à de brusques alternatives de chagrin et de plaisir ; il est le pronostic de beaux jours. Quelle émotion à l'annonce de ton arrivée ! Je ne puis m'ar-

rêter à ton songe enchanteur sans
éprouver une vive reconnoissance ;
puise-la toute entière dans ce cœur
que ta délicatesse, ton amour, tes procédés, tes vertus enfin te donnèrent à
jamais. Je ne t'enverrai plus de baisers,
je les donnerai tous à celui que je
porte. Que tu es joli! Mon ami, je vous
vois ainsi. Adieu, moitié de moi-même,
chef-d'œuvre de la nature, homme
charmant : reçois l'encens qu'on brûle
pour les dieux, tu l'as mérité. Je te
serre avec toute l'affection possible contre mon sein ; songe que je ne respire
que pour toi. Ne me parle pas d'insen-
sibilité ; elle ne peut tomber en partage à un cœur destiné pour ***. Pour
la vie ta reconnoissante et dévouée
maitresse.

On t'adore ; on ne se doute de rien.
Amour, tu as entendu ma prière. A
demain.

                              ***.

    2   18*

~~~~~~

LXXIXᵉ. LETTRE.

22.

Je vais donc être privé de recevoir de tes nouvelles pendant deux jours ! Je t'avoue que c'est une privation bien grande pour moi , car je n'ai de véritable jouissance que lorsque je puis promener mon esprit dans cette aimable foule d'idées qui semblent naître tout naturellement sous ta plume. Ne crains rien de ton amant sur des confidences qu'il est éloigné de faire : il a pu , dans un moment où le malheur sembloit l'accabler , se jeter dans les bras d'une sœur , lui demander son appui auprès de sa Minette ; mais il ne franchira jamais les bornes de la confiance : il sait mieux que qui ce soit , cet amant , que poussée trop loin elle

est dangereuse au repos , et que souvent elle détruit le bonheur. Rassure-
toi donc , ma tendre Minette ; accorde
à ton amant , avec cette légèreté qui
semble le caractériser en apparence ,
accorde-lui la retenue, qui est inséparable du sentiment bien tendre qu'il
éprouve : je te l'ai déjà dit , et je me
plais encore à te le répéter , l'excès de
mon amour peut me porter à quelques
fautes d'imprudence, mais jamais mon
cœur ne m'en fit commettre. Tendre
amie, tu dois bien des réponses ; tu te
trouves en arrière : il faut bien vîte
réparer le temps perdu. Ton bien aimé
t'a exprimé hier , dans sa missive ,
avec quelle ame il te chérissoit : relis
sa lettre encore une fois ; non pas que
tu aies besoin de cela pour être intime-
ment convaincue que jamais tu ne fus
plus aimée , mais pour faire plaisir à
ton ami.

Tu me dis , dans ta dernière, que

pour te voir toujours heureuse, c'est de ne pas me refoidir pour ma Minette. Je ne sais, mais, loin de me refroidir, je brûle toujours de la flamme la plus pure. — Je te soumettrai demain encore une question à résoudre; mais aujourd'hui, tu pardonneras au style décousu de cette lettre : imagine - toi que je suis accablé d'importuns, et que je n'ai que le temps de te dire que je t'aime d'amour extrême et plus que jamais.

As-tu reçu ta chaîne de cheveux ? Indique-moi donc un moyen de t'envoyer tes ***. Comme je n'ai pas la circonférence de ton bras, on joindra une petite instruction sur la manière de resserrer ou d'élargir à volonté. Adieu, mon ange : reviens bien vîte près de ton ami le serrer dans tes bras. Tu es toujours belle en copie comme en original. Tu trouveras peut-être ton ajustement du buste un peu léger.

J'ai écrit deux lettres à ma cousine : je suis inquiet de n'avoir pas de réponse d'elle ; je desirerois savoir seulement qu'elle les a reçues. Tâche d'en savoir quelque chose, tu me le manderas.

*** .

FIN DU SECOND VOLUME.

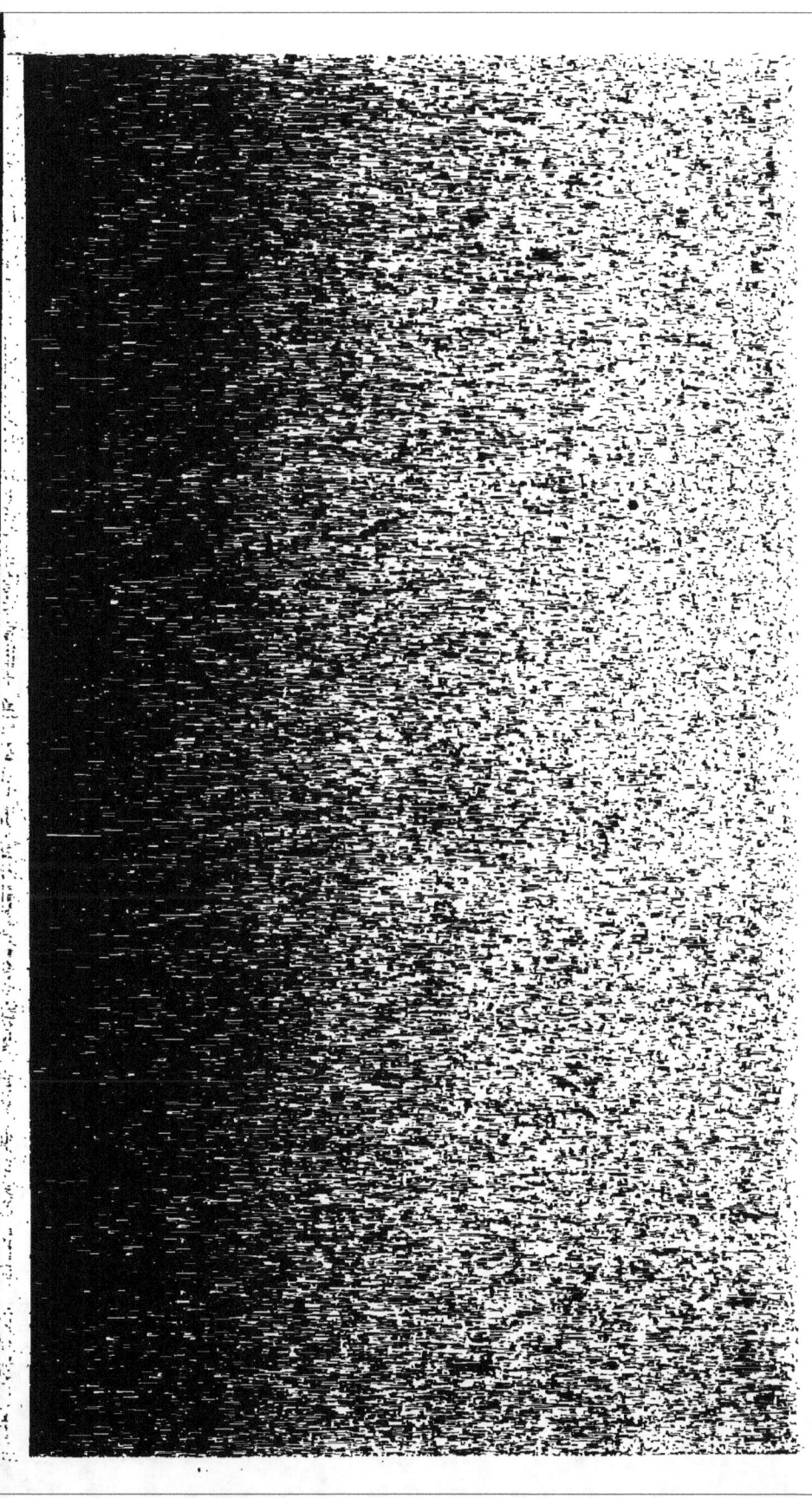